新时代
最超炫最具魅力的
童 话

巅峰阅读文库
DIANFENG YUEDU WENKU
校园文学优酷悦读

香香鼠和臭臭鼠

XIANG XIANG SHU HE CHOU CHOU SHU

袁秀兰◎著

天津人民出版社

图书在版编目（CIP）数据

　　香香鼠和臭臭鼠／袁秀兰著 . —天津：天津人民
出版社，2012.5

　　（巅峰阅读文库 . 校园文学优酷悦读）

　　ISBN 978 - 7 - 201 - 07484 - 9

　　Ⅰ . ①香… Ⅱ . ①袁… Ⅲ . ①童话 – 作品集 – 中国 –
当代 Ⅳ . ①I287.7

　　中国版本图书馆 CIP 数据核字（2012）第 060174 号

天津人民出版社出版

出版人：刘晓津

（天津市西康路 35 号　邮政编码：300051）

邮购部电话：（022）23332469

网址：http：//www. tjrmcbs. com. cn

电子信箱：tjrmcbs@126. com

北京市凯鑫彩色印刷有限公司印刷

2012 年 5 月第 1 版　2012 年 5 月第 1 次印刷

787×1092 毫米　16 开本　12 印张

字数：150 千字

定价：20.00 元

序 言
——给孩子快乐和爱的世界

认识袁秀兰，是在她参加鲁迅文学院儿童文学作家班的学习，我有幸给她们做了一次讲座，算是鲁院聘请的讲座教师。后来，参加中国作家协会会员资格审查，又看到了她的入会材料，知道她出了好几本书。接着读了她的儿歌集和许多童话作品，自己主编童书时，也选了她不少作品。渐渐地，对袁秀兰有了很深的了解，并且有了很多看法。

袁秀兰供职于宣传部门，业余从事儿童文学创作，不是专业作家，但读了她的许多作品后，觉得她不但勤奋执著，而且有自己很成熟的创作观和文艺追求。袁秀兰的作品大多数可以说是低幼文学，即她的作品基本上是适合幼儿接受的，特别适合亲子共读。她的儿歌和童话语言清新流畅，内涵丰富而有哲理，并且形象生动活泼，具有童年生命的特征，应该说她的创作完全形成了自己的风格，有了自己的特色，这很不简单。我接触过很多作家，他们很爱写，也写了很多年，但总是缺少自己的特色，一直处于模仿的状态。这也是中国儿童文学作家并不太少，但优秀作家并不是令人满意的原因。

袁秀兰的童话要结集了，她发来电子邮件和文稿，嘱我作序。按照年龄和文龄，她都是我的姐姐，而且她确实也是很优秀的儿童文学作家，她和她的丈夫都热爱文学事业，在山西都算得上是独树一帜的儿童文学作家。读她的童话，感触很多，可以说作品里有很多艺术的美感，有很多值得推崇的品质。比如说，袁秀兰童话包含着许多与爱有关的情感元素，她的每一个童话里都有友谊、诚实、勤劳、坚强、智慧等美德的建构，都有人类普遍情感的浓缩和沉淀。

　　袁秀兰把她的童话都定位为"幽默童话"，我读后，感觉虽然并不是每一个都很幽默，都是那种所谓的"热闹童话"，但仔细分辨，其童话里确实有内在或外在的幽默性。不过，袁秀兰童话里的幽默，我觉得大体可以分成三种：有的是轻幽默，即故事里有一点趣味性、调侃性；有的是冷幽默，即故事里有一点讽刺性、批评性；有的是重幽默，故事里有明显的搞笑、娱乐和夸张手法的运用。不过，总体来看，轻幽默的比较多，戏剧性色彩就更浓一些。

　　如《看西瓜》就属于轻幽默，故事里的两个猪哥哥和猪弟弟很有意思，猪爸爸种了一大片西瓜，让他们俩去瓜棚里看西瓜，结果他们两人困了后，都争着要先睡，让小狐狸把西瓜都摘走了。这个故事里的猪哥哥和猪弟弟就像生活中两个贪玩好睡的男孩子，缺少那么一点责任感，也不够勤快，最后不能承担起爸爸交给的任务。这个童话其实就是对一种美德的呼唤，是以故事的形象在给儿童建构一种做人的责任感。《会走路的大鼓》也有点轻幽默，故事里的小男孩，因为胖胖的，外号叫"小土豆"，他很贪吃，嘴边总爱说："多多的，多多的。"歪点子狐狸知道了他这个小毛病，就特意请他到小饭店里吃饭，给他上了很多菜，让他喝了很多酒，并把他卖给了演出团，于是，小土豆成了演出团里一个滑稽的"会走路的土豆"。这个故事的夸张不那么过分，而且故事里的小土豆不过是被调侃的对象，但作家的用意是很明显的，她是想通过小土豆的遭遇，来告诫小读者：一个人不应该有太多的虚荣心，也不能太贪吃。现实生活中，有的人就是因为有些时候有点贪小便宜，有点小虚荣心，于是吃了亏。《鼠老大和鼠老二》也像一个轻喜剧。鼠老大和鼠老二一起都野外采蘑菇，一个说蘑菇像伞，可以遮风挡雨；一个说蘑菇可以吃，可以做成鲜汤。其实两个说得都没错，不过是角度不一样罢啦，但它们各不相让，最后还是事实告诉了它们，它们都有道理，蘑菇既可以做伞，还可以做汤。作家在这个故事里，很显然也融入了调侃的情感，且她有意地安排了这场看似闹剧的争论。但聪明的读者会发现，作家是想通过童话来传达一种观察和理解事物的角度，告诉读者一种智慧的思维方式和一种灵活的为人处世的态度。

《拔不掉的假牙》就属于冷幽默的那种。呱呱国的大肚皮国王曾经拥有王国里的"第一美齿"，但因为爱吃各种零食，吃完零食后就开始呼呼大睡，他从不刷牙，也不洗澡，他的牙齿一天天变得难看起来。最后，他的牙齿又黑又黄，变成了虫牙，不得不拔掉。结果，他变成了"假牙大王"。这个故事里就有明显的讽刺和批判性，因此它的教育意义更加明确。当然，像《奇怪的喷嚏病》这样的童话，就算是真正的重幽默童话了，这个故事里有一个真正的令人忍俊不禁的滑稽角色，而且他的喷嚏病的消失，也确实有些令人惊讶。

但我更愿意把袁秀兰的童话成为"诗意童话"。她的大部分童话语言都很朴素清新，而且都很注重温馨气氛的营造，而且很用心传达一种爱的情怀，给读者一种唯美的追求。如《阳光灿烂的日子》《丰收的秋天真美好》《又圆又甜又美又香的中秋节》等这样的童话，不读故事，从标题就品出了一种温暖人心的情趣。如《雪花围巾》这个童话，它的开头第一段，就让读者进入了一种美好的诗情画意的境界里去了："冬天来了，菜棚里的蔬菜们都围上了彩色的围巾。豆苗围上了绿色的围巾；胡萝卜围上了红色的围巾；茄子围上了紫色的围巾；就是小土豆，也围上了土黄色的围巾。五彩缤纷的彩色围巾，让它们的朋友风娃娃羡慕不已。每次来到菜棚里和朋友们一起玩儿，看着朋友们都围着鲜艳的彩色围巾，风娃娃总会轻轻地说：太美了。"还有《妈妈的爱真温暖》这样的童话，不但语言富有诗意，有音乐美感，而且故事也很温馨，充满着爱的气息。

　　总体说来，袁秀兰的童话是值得长久欣赏和品读的。如果实在要说她的童话的不足之处的话，我觉得有些童话的语言还可以精炼一些，极少数故事的情节还啰嗦了一些，完全可以简化一点。特别是给低幼儿童诵读的故事，文字量不宜过多，而且对话还可以少一点。相信她会写出更多更好的童话来。一个在儿歌领域和童话领域里用心耕耘的作家，一个用爱和智慧为孩子写作的妈妈，一定会给孩子更多的惊喜！

谭旭东

2011 年 3 月

目录 contents

第一辑　看西瓜

目录 contents

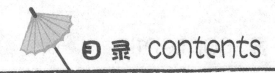

目录 contents

第三辑 阳光灿烂的日子

目录 contents

第四辑　美丽的彩虹

目录 contents

第五辑　花枝上的童话

第一辑
看西瓜

看西瓜

春天里，猪爸爸在地里种上了一大片西瓜。夏天，西瓜快熟了的时候，猪爸爸在瓜地里搭了一个小瓜棚。晚上，猪爸爸让猪哥哥和猪弟弟去地里看西瓜。

猪哥哥和猪弟弟一起来到小瓜棚里，坐在铺好的稻草上。

猪哥哥打了个哈欠对猪弟弟说："我先睡一会儿，你先看西瓜。"

猪弟弟揉揉眼睛对猪哥哥说："你先看西瓜，我先睡一会儿。"

猪哥哥说："弟弟要听哥哥的话。"

猪弟弟说："哥哥要听弟弟的话。"

猪哥哥和猪弟弟争来争去，谁也说服不了谁。

小狐狸开着一辆小货车来到瓜地边。小狐狸对猪哥哥和猪弟弟说："你们别争了，这样吧，正好我现在有空儿，你们都去睡，我来看西瓜。"

猪哥哥和猪弟弟听了，高高兴兴地钻进瓜棚里，躺在暖融融的稻草上。

"呼噜呼噜"，猪哥哥和猪弟弟的打鼾声此起彼伏。一个晚上，小哥俩都睡得很甜很香。

就在猪哥哥和猪弟弟睡得最香最甜的时候，小狐狸在西瓜地里忙得不可开交，他装了满满一大车西瓜，然后，开着车，不慌不忙地离开了西瓜地。

　　猪哥哥醒来了，地里的西瓜不见了；猪弟弟醒来了，看到地里只剩下乱七八糟的西瓜秧。

　　猪哥哥说："西瓜哪去了呢？"

　　猪弟弟说："自己跑丢了吗？"

　　猪哥哥挠挠头，想了想说："是被小狐狸吃掉了。"

　　猪弟弟眨眨眼睛，想了想说："是呀，小狐狸吃了一大片西瓜，结果会怎么样？"

　　猪哥哥说："会生病的。"

　　猪弟弟说："会肚子疼。"

　　猪哥哥和猪弟弟一边说，一边向家里跑去。他们决定要把小狐狸吃光一大片西瓜这件事，快点告诉猪爸爸，然后，让猪爸爸快点去抓住吃坏肚子的小狐狸。

会走路的大鼓

小土豆是一个胖胖的小男孩。他最喜欢说的一句话就是："多多的，多多的。"

甜甜的糖果真好吃。在糖果店买糖果，小土豆总是对妈妈说："多多的，多多的。"

甜甜的面包真好吃。在面包房买糕点，小土豆总是对爸爸说："多多的，多多的。"

他要多多的花生米，要多多的牛肉干，要多多的小果冻……无论吃什么，小土豆总是说："多多的，多多的。"

歪点子狐狸知道了，他找到小土豆，把小土豆请到了一个小小的饭店里。歪点子狐狸歪着脑袋，拿着菜单，点了多多的酒、多多的菜和多多的主食。歪点子狐狸让小土豆吃了多多的菜、多多的主食，喝了多多的酒。

小土豆的肚子吃成了一面大鼓。

歪点子狐狸搀扶着小土豆走出小饭店，来到一个演出团。

歪点子狐狸对演出团的负责人说："这是一面会走路的、神奇的大鼓，你们要想得到它，得花多多的钱。"

歪点子狐狸把小土豆卖到了这个演出团，歪点子狐狸得到了多多的钱。演出团要到山区慰问演出，小土豆和演出团的其他成员一起，坐着一辆大篷车，一路颠簸，风尘仆仆来到演出地。

演出开始了，露天剧场里人山人海，没见过会行走的大鼓的观众们非常激动。在高亢悠扬的笛声、幽怨婉转的二胡、如山泉般清澈的钢琴声的衬托下，小土豆像鼓一样的肚子发出浑厚低沉的声音，有力地敲打着人们的耳膜，乐曲跌宕起伏，震撼人心，赢得了观众阵阵热烈的掌声。剧场里欢声如潮，演出获得极大的成功。

观众们大声欢呼："太棒了，会走路的大鼓。""太棒了，我们都要摸一摸会走路的大鼓。""太棒了，我们都要让会走路的大鼓签名。""太棒了，我们都要与会走路的大鼓留影。"刚刚走下舞台的小土豆，被热情的观众围了个水泄不通。

一拨又一拨的观众来摸小土豆的肚子。

一拨又一拨的观众来让小土豆签名。

一拨又一拨的观众要与小土豆合影留念。

"扑通"，小土豆终于支持不住了，他还没来得及给最后一位观众签名，就累倒了。一个有点模糊的声音，从他的喉咙里传了出来："我……我不是会走路的大鼓，我是小土豆，你们……你们搞错了。"

鼠老大和鼠老二

鼠老大和鼠老二，一起去野外采蘑菇，他们一起采回了一只大蘑菇。

鼠老大说："这蘑菇像把伞，下雨的时候可以顶着它。"

鼠老二说："这蘑菇多鲜，把它煮了，喝蘑菇汤，味道一定会很不错。"

鼠老大说："好端端的一把蘑菇伞，怎么能煮汤喝？"

鼠老二说："蘑菇就是蘑菇，应该用来做菜做汤，怎么会是一把伞呢？"

鼠老大说："你真是一个大笨蛋，蘑菇为什么不能当伞用？"

鼠老二说："你真是个大傻瓜，蘑菇怎么能当伞用？"

鼠老大说："就当伞用。"

鼠老二说："就煮汤喝。"

你一句，我一句，鼠老大和鼠老二吵起来了。

你一拳，我一脚，鼠老大和鼠老二打起来了。

"呼呼呼"刮起了大风。

"哗哗哗"下起了大雨。

两只老鼠同时钻到大蘑菇底下去躲避风雨。

鼠老大笑呀笑，笑掉一颗大门牙。"还是我说得对呀！大蘑菇到底是一把顶好的伞。"

雨过天晴，两只老鼠从大蘑菇下钻了出来。

鼠老大的肚子咕咕叫，鼠老二的肚子也咕咕叫。

鼠老二笑呀笑，笑掉一颗小门牙。"怎么样？大蘑菇是不是还得煮成汤？"

鼠老大和鼠老二一起生好火，架起锅，把大蘑菇煮成了汤。

"味道真不错呀！"鼠老大说。

"味道真鲜美呀！"鼠老二说。

两只老鼠一起喝着香喷喷的蘑菇汤。

鼠老大眨眨眼睛，对鼠老二说："你真了不起。"

鼠老二揪揪耳朵，对鼠老大说："还是你了不起。"

鼠老大和鼠老二手握着手，脸上挂着甜甜的笑，他们是一对亲兄弟，又像一对好朋友。

豆腐样的台阶

大头巨人理直气壮地来到小脚矮人的豆腐铺里，对小脚矮人说："我轻轻的一巴掌就能把你拍到地缝里去，你信不信？"小脚矮人听了弯着腰，点着头说："信，信，肯定信。"大头巨人听了哈哈地笑着，从小脚矮人的豆腐池里捞起一块豆腐，转身走了。

第二天，大头巨人再一次理直气壮地来到小脚矮人的豆腐铺里，对小脚矮人说："我动一动手指头就能把你的胳膊打折，你信不信？"小脚矮人弯着腰，点着头说："信，信，肯定信。"大头巨人又哈哈地笑着，从小脚矮人的豆腐池里捞起一块豆腐，转身走了。

第三天，大头巨人再一次理直气壮地来到小脚矮人的豆腐铺里，对小脚矮人说："我轻轻地一抛，你就会像风中的气球一样飘到天上去，你信不信？"小脚矮人弯着腰，点着头说："信，信，肯定信。"大头巨人又哈哈地笑着，从小脚矮人的豆腐池里捞起一块豆腐，转身走了。

......

一年过去了，大头巨人理直气壮地从小脚矮人的豆腐铺里白白捞走了三百六十五块豆腐。这天，小脚矮人一边把豆腐往豆腐池里摆放，一边流着眼泪想，这日子可怎么过呀，大头巨人一会儿又会来了。小脚矮人的眼泪一滴一滴地落在了豆腐池里。小脚矮人刚把豆腐摆放好，大头巨人就来了。大头巨人又对小脚矮人说："我轻轻的一巴掌就能把你拍到地缝里去，你信不信?"小脚矮人还是弯着腰，点着头说："信，信，肯定信。"大头巨人就又哈哈地笑着，从小脚矮人的豆腐池里捞起一块豆腐，转身就走。这时，一块豆腐从豆腐池里飞了出来，糊住了大头巨人的左眼，又一块豆腐从豆腐池里飞了出来，糊住了大头巨人的右眼，"呼呼呼……"所有的豆腐纷纷从豆腐池里飞了出来，有的糊住了大头巨人的嘴巴，有的糊住了大头巨人的鼻子，有的糊住了大头巨人的耳朵眼儿，有的糊住了大头巨人的肚脐眼儿，有的糊住了大头巨人的屁股，有的糊住了大头巨人的手指，有的糊住了大头巨人的脚丫……豆腐糊住了大头巨人身上所有的地方，大头巨人变成了一座豆腐样的小山。只听"轰隆"一声巨响，大头巨人径直地倒下了，他变成了一块块豆腐样的砖石。

　　小脚矮人把这些豆腐样的砖石搬到了庙宇，砌成豆腐样的台阶。后来每个踏上这些台阶的人，心中都会生出一些神圣而美好的东西来。

荷叶上的小青蛙

太阳还没有从银色的云朵被子里钻出来，急性子的大公鸡就吹响了起床号："喔喔喔！喔喔喔！叫醒你的小耳朵，伸伸你的小胳膊，拱呀拱出被窝窝。"

风儿听到了，轻轻地摇动着柳叶儿；鱼儿听见了，在湖水中转个圆圈圈。

睡在荷叶上的小青蛙听见了，翻了个身儿，继续睡起来，大嘴巴两旁的腮，一起一伏，绿绿的荷叶晃悠悠晃悠悠。

在湖边散步的小松鼠，看到荷叶上长出个大花苞，奇怪呀，是个会晃悠的大花苞？小松鼠找来一根长长的草茎捅了捅大花苞。"呱呱呱，好痒痒，谁在挠我的小脚丫？"哪里是什么大花苞，原来是一只小青蛙。

"起床啦！"小松鼠用草茎拍拍小青蛙的大肚皮。

"呱呱呱。"小青蛙唱了一声，继续睡了过去。

小蜻蜓飞来了，看到荷叶上晃晃悠悠的大花苞，小蜻蜓飞到大花苞上喝起甜甜的露珠水来。

"呱呱呱，谁在亲我小脑瓜？"哪里是晃晃悠悠的大花苞，是一只小青蛙呀。

"小青蛙，起床啦！"小蜻蜓飞到小青蛙的耳边说。

"呱呱呱。"小青蛙唱了一声，继续睡了过去。

"喔喔喔！喔喔喔！叫醒你的小耳朵，伸伸你的小胳膊，拱呀拱出被窝窝。"

　　大公鸡在湖边，一边走一边唱。

　　大公鸡也看到了荷叶上晃晃悠悠的大花苞。

　　大公鸡找来一根花丝线，小鱼儿把花丝线拴在荷叶上，大公鸡、小松鼠、小蜻蜓用力拉呀拉。

　　大伙弯弯腰，鱼儿点头笑，荷叶荡呀荡……小青蛙"呱呱呱"地唱起来，荷叶上的小青蛙终于起床啦！

拔不掉的假牙

呱呱国是一个非常有趣的国家。这里每天都会发生一些新鲜事情。大肚皮国王的牙医啄木鸟先生说，呱呱国的故事比刚从地里拔出来的胡萝卜还要新鲜。呱呱国的大肚皮国王有时淘气得像一个大孩子，他总是做出一些稀奇古怪的事情来。

比如，大肚皮国王的牙齿曾经非常的漂亮，白白的、亮亮的，非常好看。有一次，牙齿王国进行牙齿健美比赛，大肚皮国王的牙齿得了第一名。

大肚皮国王的牙齿成了呱呱国的"第一美齿"。

大肚皮国王牙齿的动漫画像，成了所有与牙齿有关的经营者们最热爱的形象。呱呱国的大街小巷，到处都是大肚皮国王露着牙齿微笑的画像，大肚皮国王的牙齿真的好美好美。

牙保健商们、牙膏商们、牙刷商们都争着往自己产品的包装箱上，印上大肚皮国王牙齿的动漫画像。

大肚皮国王才不管这些呢。早上，他一睁开眼睛就开始吃一大堆零食。中午，他又开始捧出巧克力、冰激凌、蛋糕……晚上，他又开始吃山核桃、西瓜子。大肚皮国王的牙齿天天累得筋疲力尽。

大肚皮国王吃完零食后就开始呼呼大睡，他从不刷牙，也不洗澡，他的牙齿一天天变得难看起来。

不久，大肚皮国王的牙齿开始发生变化，有的变得又黑又黄，有的身上长满了洞洞，有的开始"残废"，有一颗牙齿干脆掉落了。

因为那颗牙齿掉落了，大肚皮国王就装了一颗假牙。

大肚皮国王坐在花茎做的摇椅上，眯缝着眼睛打了一个响亮的喷嚏。

这时候，大肚皮国王想到了自己嘴巴里镶的那颗假牙。

大肚皮国王大声喊起来："啄木鸟先生，啄木鸟先生，快点拔掉我嘴巴里的那颗假牙。"

大肚皮国王的牙医啄木鸟先生听到喊声，飞快地飞过来落在大肚皮国王的摇椅上说："国王陛下，您好！"

大肚皮国王说："有一点儿不太好，我想拔掉嘴巴里的那颗假牙。"

啄木鸟先生说："可是国王陛下，您的那颗假牙是昨天刚刚镶上的，它才工作了一天呀。"

大肚皮国王说："不，我要换上另一颗新的假牙。"

啄木鸟先生说："遵命。"

啄木鸟先生回到工作室，搬出牙科椅，拿来拔牙器械、消毒用水和麻醉注射器。

大肚皮国王看到麻醉注射器说："不，我不用麻醉药。"

啄木鸟先生说："遵命。"

啄木鸟先生把所有的拔牙器械全都用消毒水消了毒。

大肚皮国王躺在牙科椅上，张大嘴巴，啄木鸟先生用口腔内窥镜找到了那颗假牙的位置，左下第二颗牙齿。

啄木鸟先生用拔牙钳子轻轻地拔了拔，那颗假牙纹丝不动，像长在牙床上一样。

怎么办呢？啄木鸟先生想了想，又用拔牙钳子使劲地拔了拔，大肚皮国王疼得"哇哇"大叫，可是，那颗假牙还是纹丝不动。

啄木鸟先生说："报告国王陛下，假牙拔不下来。"

"阿嚏！""阿嚏！"大肚皮国王又打了两个响亮的喷嚏。

"真奇怪呀。"大肚皮国王说："这颗假牙镶得太牢固了，这么响亮的喷嚏也没有把它打出来。"

啄木鸟先生说："对不起，陛下，我没有办法把它取下来。"

大肚皮国王说："你要想个顶好顶好的办法，把这颗假牙尽快拔掉。"

啄木鸟先生想了想说："请呱呱国所有的老百姓都来想办法，一定会把你的假牙拔掉。"

大肚皮国王听了，从牙科椅上站起来，他用劲清了清嗓子大声宣布："同志们，你们好！呱呱国的呱呱节就要到了，大肚皮国王想告诉你们今年的节日与以往有些不同，为了使我们的节日更快乐，大肚皮国王决定，谁能拔掉我嘴巴里的这颗假牙，就奖给他一串山桃花。"

"好啊！国王真酷！"啄木鸟先生大声欢呼。

大肚皮国王的声音飘到全国各地，听到这一消息的人全都开心地笑起来。

山坳里的一颗小酸枣也听到了大肚皮国王的话。

小酸枣对妈妈说："我想看看大肚皮国王的假牙。"

酸枣妈妈说："孩子，我们住在山坳里，距离呱呱国太远太远，你要看到他得走好远好远的路。"

小酸枣说："我不怕。"

酸枣妈妈说："好吧，孩子，祝你成功！"

小酸枣带着妈妈的祝福离开了山坳。

小酸枣走出山坳，走过了一道又一道山岭，树枝拌破了他的衣服，脚上也打起了血泡。小酸枣来到一条小河边，想休息一会儿再走。这时候，天气忽然变了，一时间，乌云密布，电闪雷鸣，狂风怒号，大颗大颗的雨点儿从空中砸了下来。

小酸枣正想找个地方躲起来。突然，他看到青蛙妈妈在小河边焦急地徘徊。

小酸枣忘记了劳累忘记了狂风暴雨，他关心地问："青蛙妈妈，你怎么啦？"

青蛙妈妈说："我的一个最淘气的小宝宝跑丢了，我正在找呢。"

"我来帮你找。"狂风暴雨中，小酸枣坚定地说。

青蛙妈妈说："不用了，雨太大了，你快点找个地方躲起来吧。"

小酸枣说："我妈妈说过，只有真心帮助别人的人，才会得到别人的帮助。"

狂风暴雨中，小酸枣帮青蛙妈妈在河边的草丛中找到了那个最淘气的小蝌蚪。

雨过天晴，小酸枣要走了，青蛙妈妈对他说："路途太遥远了，还是休息休息再走吧。"

小酸枣摇摇头，告别了青蛙妈妈，他继续赶路。

翻过一座又一座大山，小酸枣来到一处沼泽地。疲倦的小酸枣小心翼翼地在沼泽上走着，一不留神，小酸枣的一只脚陷进沼泽里，他拼命地向上挣扎，可是脚却越陷越深。在这紧急关头，一条长长的水蛇扭动着身子爬到他的面前。

小水蛇笑着说："真好玩。好不容易见到一个朋友，你爬到我的背上，我送你过去。"

小酸枣爬到小水蛇的背上，小水蛇就不停地扭动着身子向前爬去。小水蛇带着他走出沼泽地。

"谢谢你，小水蛇！"小酸枣激动地说。

"不用谢，你的精神让我非常地感动。"小水蛇也激动地说。

天黑了，在星星的指引下，小酸枣又走过一片大森林。

第二天，太阳升起来的时候，小酸枣见到了大肚皮国王。

大肚皮国王问："你是谁?"

小酸枣回答说："我是小酸枣。"

大肚皮国王说："你是小酸枣。啊！我想起来，小时候我尝过的，差点把我的牙齿酸掉呀。"

真奇怪呀，大肚皮国王那颗坚固的假牙一不小心掉了下来。

"哈哈！"大肚皮国王非常地高兴，他开心地笑起来："你消灭了我的假牙，你是最棒最棒的小酸枣。"

种出来的绿色长城

　　春天来到了，在一个山脚下，小树们穿上了节日的盛装，小草们整整齐齐地站在草地上，左摇摇右摆摆，做着小草艺术体操。美丽的花儿在广袤的田野里尽情绽放。春风妈妈来了，她亲吻着小树，亲吻着小草，亲吻着花儿……田野里真热闹呀，蜜蜂们唱着歌儿，蝴蝶们在轻盈地飞舞，小动物们又蹦又跳，又说又笑，在一起快乐地游戏。

　　这一天，山脚下来了一只小松鼠。他背着一个小小的行囊，风尘仆仆。小白兔说："你好，小松鼠，你从什么地方来呀？"小松鼠很有礼貌地回答："我来自一个遥远的地方，我想在这个地方安家，跟大家做朋友，可以吗？"小白兔想了想说："欢迎，欢迎。"

　　山脚下的小动物们听到小松鼠来了，排起了长队，热烈欢迎远道而来的小客人。小田鼠说："欢迎你，小松鼠，这样我就又多了一个伴啦！"小野猪也说："就是呀，我们又多了一个朋友，山脚下会更热闹了。"小蟋蟀和小刺猬也说："欢迎你，小松鼠。""欢迎，欢迎。"小鸟们也唧唧喳喳，高兴地叫起来。

　　就这样，小松鼠在这个山脚下安了家。每天每天，小松鼠背着自己放种子的小小行囊，把一粒粒松子儿撒在山脚下的每一个角落。小松鼠这样不停地种啊种，让经常见到他的小田鼠有点儿不理解。小田鼠问小松鼠："你每天这样不停地种啊种，到底是为了什么？种几株就够了，干吗种那么多，那么辛苦？"小松鼠笑了笑回答说："种几株远远不够，我有一个远大目标，就是要种出一条绿色长城，想到它，我就浑身是劲儿，一点儿也不觉得辛苦。"小田鼠听了，哈哈大笑起来，他认为小松鼠在开玩笑，他想，要种出一条绿色长城，这是不可能的事情呀。可是小松鼠没有理会小田鼠的嘲笑，他依然起早贪黑，不停地种啊种。

小田鼠将小松鼠的计划告诉了山脚下的其他小动物们，大家也都认为小松鼠是异想天开，想要种出一条绿色长城，这是一件根本办不到的事情啊。

就这样，时间一天天过去了，大家似乎都忘记了小松鼠的存在，好像田野里原本就不曾来过这样一个新朋友。

春去春又来，就在小松鼠来到山脚下的第三个春天，有一天，大家突然发现了一条绿色的林带，隐隐约约，曲曲弯弯，真像绿色的长城。于是大家奔走相告，小松鼠种的绿色长城长出来了。太好了，小动物们决定一起去看望小松鼠。他们来到小松鼠的面前，用赞美的目光看着他。长久的劳作已经让小松鼠消瘦了很多，但是他脸上的笑容和眼睛里的兴奋在告诉大家，此刻他是多么的激动，因为他的绿色长城终于初具规模了。

小田鼠兴奋地说："感谢你，我们最亲爱的小松鼠，为我们种下了一道绿色长城。"

小白兔说："感谢你，小松鼠，你真了不起！"

小野猪说："小松鼠，你是小英雄！"

小蟋蟀说："小松鼠，你真棒！"

小刺猬说："我们要向你学习，向你致敬！"

"感谢你，向你学习，向你致敬！"小鸟们也唧唧喳喳地说。

"哗啦啦……哗啦啦……"大家热烈鼓掌，一起欢呼起来……

啊！山脚下的这个春天更加地美丽了，因为这个山脚下多了一道绿色长城……

🖌 最漂亮的星星

晚上，小区门前的霓虹灯都亮了，它们一盏比一盏明亮，一盏比一盏漂亮。

第三排第三盏霓虹灯，闪烁着耀眼的蓝色光芒。

蓝色的霓虹灯，望着天空灿烂的小星星说："我多么希望自己能够成为一颗最漂亮的星星啊。"

它的话被飞来飞去的萤火虫听到了，萤火虫说："只要努力，你的愿望一定会实现的。"

霓虹灯闪着蓝色的光芒说："谢谢你的鼓励，我一定会努力的。"

一个风雨交加的夜晚，霓虹灯眨着蓝色的眼睛站在风雨中。

突然，它听到有声音从空中传来。

一个甜甜的声音说："兰花儿姐姐，云层这么厚，雨暂时不会停下来吧？"

另一个暖暖的声音回答说："是的，红苹果妹妹。"

"可是我们和小石头约好，今天晚上还要跟它一起玩的。"是那个甜甜的声音。

"是呀，小石头一定在等着我们，真是急人呀。"是那个暖暖的声音。

甜甜的声音说："昨天晚上，我们和小石头分别的时候还拉了钩，小石头一定在等着我们。"

暖暖的声音说："嗯，小石头要是见不到我们，会以为我们小星星说话不算数。"

哦，原来是两颗小星星在云层里说话。

甜甜的声音说："兰花儿姐姐，你快想想办法呀。"

暖暖的声音回答说："我脑袋都想疼了，还是想不出办法来呀。"

蓝色的霓虹灯听了，眨着明亮的眼睛，对着天空大声说："兰花儿姐姐，红苹果妹妹，你们别着急，我会帮助你们的。"

甜甜的声音和暖暖的声音同时回答说："谢谢你呀，没见过面的妹妹。"

一颗圆圆的小石子慢慢地滚到小区的大门口。蓝色的霓虹灯眨着明亮的眼睛对小石头说："你来了，小石头，我是兰花儿姐姐。"

"是吗？还以为你们不来了，我正要回家呢。"小石头说，"怎么不见红苹果妹妹？"

"红苹果妹妹等天晴了就会来看你的，它要我向你问好。"蓝色的霓虹灯眨着明亮的眼睛回答说。

"是吗？"小石头说，"蓝花儿姐姐，你是我见到过的最漂亮的星星。"

"是吗？"蓝色的霓虹灯眼里有晶莹的东西在闪耀。

"是的。"小石头肯定地回答说。

房子盖在大路上

豆豆眼狐狸想盖一座房子，它绞尽脑汁地选择着盖房子的地方。选择来选择去，它决定把房子盖在一条大路旁。哇，豆豆眼狐狸真的在大路上盖了一间房子，房子就坐落在那条大路的东面。这样说也许不完全准确，因为豆豆眼狐狸的房子只占了大路的三分之一。这是一条南北走向，宽约 14 米的大路，所以尽管豆豆眼狐狸的房子占了三分之一的路，一般车辆还是能够顺利通过的。看着来来往往的车辆在经过自己的房子前总要拐一个弯儿，豆豆眼狐狸的心里有说不出的高兴。它捧着一个小酒壶，"吱吱"地抿一口，品尝着甜的或者是辣的酒，也品尝着自己有滋有味的生活。

黑熊开着一辆带拖斗的车过来了，拐弯的时候因为车速太快，车身剧烈地扭动了一下，拖斗车上装的玉米掉下几袋。黑熊下来拣，有一只装玉米的口袋开口了，"哗"玉米撒了一地。黑熊正准备收拾，后边上来的车大声鸣笛，黑熊来不及收拾撒在地上的玉米，就开着车走了。于是，地上一大堆的玉米就成了豆豆眼狐狸的玉米。望着这些从车上掉下来的金黄色的饱满的玉米"果实"，豆豆眼狐狸的感觉，比喝了它最喜欢喝的酒还要好。

可是，"果实"只是偶尔的"果实"，大部分司机在豆豆眼狐狸的房子前拐弯的时候，还是能够顺利通过的。豆豆眼狐狸像豆子一样的小眼睛转动了几次之后，又想出了一个很好的办法。在没人看见的时候，豆豆眼狐狸就把能走车的那段路，用镢头刨得凹凸不平，这样所有的车辆在经过它房前的时候，不仅要拐弯，而且还要颠簸，这样车上掉下来的"果实"就会增多。有时候会掉下几棵菜，有时候会掉下几包餐巾纸，有时候会掉下几个瓜果，反正，总是有"果实"要从车上掉下来的。

有一次，河马开的车就干脆翻在路边。因为车上拉的是煤，所以豆豆眼狐狸捡回好多的煤。一个冬天里，豆豆眼狐狸家的小火炉，烧着那些煤，温暖着豆豆眼狐狸的房子，也温暖着豆豆眼狐狸的心。因为那些煤，豆豆眼狐狸高兴了整整一个冬天。

这一天，大灰狼开着一个油罐车过来了，油罐车也是要拐弯要颠簸的。没见过这么不好走的路，大灰狼怒火中烧，下车去看路。因为激动，大灰狼忘记了安全的重要性。走到油箱前，"啪"的一声大灰狼打开火要抽烟，"轰"的一声巨响，油罐车爆炸了，豆豆眼狐狸连同它的房子，灰飞烟灭，大灰狼也炸成了重伤。

后来，市长下令，市容管理队的工人用了108个小时，才把豆豆眼狐狸和它被炸毁的房子清除干净。

五彩缤纷的信笺

太阳公公爱写信，他拿着一支金色的笔，在五彩缤纷的信笺上写呀写呀。无论是在清晨还是在傍晚，大家总能收到太阳公公五彩缤纷的信笺。

清晨，小露珠们收到了太阳公公的信，她们高兴地眨一眨顽皮的小眼睛，连蹦带跳躲藏到自己五彩缤纷的屋子里，去读太阳公公写给她们的信。

小树们收到太阳公公的信，他们兴奋地笑出了声，"沙沙沙"，他们摇动着身上的叶子，一边读着信，一边笑呵呵地望着太阳公公。

小草们收到太阳公公的信，他们读着太阳公公的信，更加精神焕发。

花儿们收到太阳公公的信，一脸的笑容写在她们的脸上，顽皮的小蜜蜂看到了，大声地替花儿们读着太阳公公的信，花儿们高兴地扭动着腰肢，随风舞蹈。

太阳公公写呀写，他给所有的植物们都写了信，又开始给每个小动物写信了。

小白兔读着太阳公公的信，高兴地又蹦又跳，长耳朵竖得更直了；小公鸡读着太阳公公的信，高声唱起来；最最高兴的是小鼹鼠，它也收到了太阳公公的信，这让他非常的感动。他想，太阳公公也认识我呀，可我一直躲藏在地下，老是怕他看到我。

几乎每一个小动物都收到了太阳公公的信，只有小狐狸还没有收到。

小狐狸躲在木头房子里想，太阳公公是不会给我写信的，因为他知道我做了好多好多的坏事。我偷过鸡妈妈刚生的蛋，我砸坏过青蛙的小帆船，我设陷阱伤害过梅花鹿，我咬伤过小白兔……唉，我做了太多太多的坏事。

虽然这样想，但是，小狐狸还是希望有一天能收到太阳公公的信。他等呀等，盼呀盼，一天天过去了，可是，小狐狸始终没有收到太阳公公的信。终于有一天，小狐狸病倒了，昏睡中的小狐狸分明看到太阳公公在向他微笑。

听说小狐狸病了，小动物们都来看望他：鸡妈妈来了，她带来小狐狸最爱吃的葡萄；梅花鹿来了，她捧着一束美丽的鲜花；小白兔来了，她送了一张平时小狐狸最爱听的唱片……顽皮的小猴子也来了，他手里拿着一封信。

小猴子拿着信，爬到小狐狸的耳边说："小狐狸，你快点儿好起来吧，是我错了，太阳公公也给你写了信，是我悄悄地把它藏到了树杈上，我想看到你着急的样子，没想到你真的病了，对不起！"

小狐狸听到小猴子的话，一下子从床上跳起来，他兴奋地喊道："啊，我也收到太阳公公的信了！以后，我一定要做个好孩子！"

小狐狸的病好了，小动物们高兴地欢呼起来，太阳公公五彩缤纷的信笺照耀着每个小动物的心田。

最香最甜的烤面包

雨过天晴，菠萝熊背着小背篓，去找住在小巷拐弯处的好朋友绿豆眼狐狸，一起去树林里采蘑菇。在树林里采蘑菇的时候，一根红色的植物藤把他们绊倒了，绿豆眼狐狸躺在地上直哼哼。菠萝熊从地上爬起来，又把绿豆眼狐狸从地上扶起来，然后继续采蘑菇。采着采着，他们感到又累又渴。

绿豆眼狐狸说："我真希望可以喝到一点点可乐或者是矿泉水。"

菠萝熊说："我也想喝，再坚持一会儿我们就回去，回去就可以喝到甜甜的可乐，或者是矿泉水了。"

绿豆眼狐狸说："我现在就想回家。"

菠萝熊说："你看草叶上跳舞的小露珠在笑我们呢。"

绿豆眼狐狸听了，不好意思地说："我不会让小露珠笑话我们的。"

快到中午的时候，他们的小背篓里装满了圆嘟嘟的小蘑菇。

菠萝熊说："我们采了这么多的蘑菇，说明我们已经长大了，我们要做一件比采蘑菇更有意义的事情。"

绿豆眼狐狸说："是的。"

他们背着蘑菇高高兴兴地回到了家。

做什么好呢？想呵想，菠萝熊终于想出要开一间面包房。他又去找住在小巷拐弯处的好朋友绿豆眼狐狸。菠萝熊对绿豆眼狐狸说："我想开一家面包房，我们一起去面包师培训学校学习，然后你来做面包房的面包师吧。"

绿豆眼狐狸摇摇头说："做面包师太辛苦，烟熏火烤，早起晚睡，我受不了。"

菠萝熊离开绿豆眼狐狸，自己到面包师培训学校去学习。不久，菠萝熊的面包房开业了。香香的浓浓的糕点味飘到大街小巷，飘到小巷拐弯处绿豆眼狐狸的家。喜欢睡懒觉的绿豆眼狐狸从床上爬起来，慵懒地蜷缩在沙发上看电视，从外面飘来的糕点香味，搅乱了他的思绪。绿豆眼狐狸从沙发下找出一双旧拖鞋穿上，追随着香味来到面包房。绿豆眼狐狸看到，在菠萝熊的面包房里，木制的糕点柜子里，摆放着各式各样的面包。有金黄色外皮，里面夹着奶酪和蔬菜的荷叶面包；有味道浓郁，每口都能咬出喀滋清脆声响的脆皮面包；有色泽鲜艳的彩虹面包；有带豆沙馅儿的，酥甜可口的甜点面包；有内部柔软，口感细腻的精致面包。面包店内香味扑鼻，让人流连忘返。

菠萝熊面包房的烤面包一定非常好吃。绿豆眼狐狸红着脸儿不住地咽着口水，他后悔自己不想劳动，太懒。

菠萝熊邀请他来面包房工作，绿豆眼狐狸红着脸答应了。来到菠萝熊的面包房，绿豆眼狐狸下定决心改掉自己懒惰的毛病，在菠萝熊的鼓励下，聪明能干的绿豆眼狐狸，很快学会了烤面包，成为了一名出色的面包师。

来菠萝熊面包房买面包的顾客全都很满意，他们称赞菠萝熊，也称赞绿豆眼狐狸。每当绿豆眼狐狸吃着自己烤出来的又香又甜的面包时，就会深深感到，劳动的果实是最香甜的。

春天的故事

　　有一棵杏树长在一条小山沟里。年复一年，日复一日，杏树变成了杏树爷爷，杏树爷爷住在小山沟里，总是感到非常的孤独。

　　有一年春天，杏树爷爷生病了，树梢上的叶子都打了卷，树叶上密密麻麻地爬满了像芝麻一样的小虫子。杏树爷爷感到浑身不舒服，他盼望着有人来帮助他。

　　一只小松鼠跳到他的脚下，杏树爷爷说："小松鼠，请你帮帮我。"可是，小松鼠只顾自己忙着玩，根本没有听到杏树爷爷的话，他从杏树爷爷脚下跳过，灵巧的身影很快消失在远方。

　　一只小野猪一边唱歌，一边走来，杏树爷爷大声说道："小野猪，请你帮帮我，看看我身上怎么了。"小野猪也没有听到杏树爷爷的话，他弯下腰从地上摘了一朵野花，又唱着歌儿离开了。

　　一只小白兔背着画板，来到杏树爷爷面前画画，杏树爷爷说："小白兔，请你帮帮我，看看我怎么了，我好难受呀！"可是小白兔只顾忙着画画，一点儿也没有听到杏树爷爷的话，她画完了画，就又背着画板走了。看着小白兔离开的背影，杏树爷爷急得眼泪都流出来了。

　　这时候，飞来一只小莜麦鸟，他轻轻地摇动着杏树爷爷身上的枝条，看到了杏树爷爷身上密密麻麻像芝麻一样的小虫子。小莜麦鸟找来小伙伴们一起给杏树爷爷捉虫，然后又一起给杏树爷爷浇水施肥锄草剪枝。

一天天过去了，杏树爷爷的身体渐渐好起来了，他的脸上充满了朝气，枝条上的叶子不仅开始舒展起来，而且变得又绿又亮。

又一个春天来到了，杏树爷爷生机勃勃的枝条上，挂满粉红色的花苞苞。春风中，杏花渐渐开放了，粉红、雪白，花香四溢。

小松鼠蹦蹦跳跳地来到了，他说："好美的春天，好美的杏花。"杏树爷爷听到了，高兴地笑起来。

小野猪来到了，他唱着一首自己编的歌儿："杏花红，杏花白，飘香的杏花惹人醉，杏花红，杏花白，这儿的春天最最美。"杏树爷爷听到了，高兴地笑起来。

小白兔背着画板来到了，她说："我要把这美丽的春天画下来。"杏树爷爷听到了，高兴地笑起来。

小莜麦鸟们飞来了，他们落在杏树爷爷的身上，轻轻地唱歌，轻轻地舞蹈。

看到小动物们在自己身边这么高兴，杏树爷爷真高兴呀，他说："谢谢你们小莜麦鸟。谢谢你们为我捉去身上的虫子，谢谢你们为我浇水施肥锄草剪枝。"

渐渐地杏树爷爷身上长出了绿绿的新叶，长出了毛茸茸的小杏儿。绿色的小杏儿藏在杏叶下，笑眯眯地望着远方。杏树爷爷的树冠又为小动物们撑起一片荫凉，小动物们在杏树下尽情地玩耍，他们都在想，以后一定要好好地爱护杏树爷爷！

快乐就在身边

有一只小老鼠叫嘟嘟，不知为什么，嘟嘟鼠总是不高兴。

天气晴朗的时候，在阳光下行走，他会说："这样的天气真不好受，阳光太刺眼了。"刮风下雨天他又会说："这样的天气，真让人感觉不舒服。"

嘟嘟鼠讨厌清晨在树枝上唱歌儿的小鸟们。看到快乐地唱着歌儿的小鸟们，嘟嘟鼠总是说："吵死了！吵死了！讨厌的小鸟儿，有什么好唱的。"嘟嘟鼠也讨厌夜晚在灯光下跳舞的萤火虫们。看到快乐地舞蹈着的萤火虫们，嘟嘟鼠就会说："烦死了！烦死了！舞来舞去的萤火虫们。"

嘟嘟鼠皱着眉头对爸爸说："你买的鞋子太肥了，我的脚丫子在里面直转圈儿。"嘟嘟鼠皱着眉头对妈妈说："你炒的菜太淡了，真难吃。"

楼下住着嘟嘟鼠的小伙伴毛毛鼠。毛毛鼠总是乐呵呵的，他穿着爸爸买的又肥又大的运动鞋，在阳光下蹦蹦跳跳地踢球，在风雨中嘻嘻哈哈地玩耍。特别是有一次，嘟嘟鼠到毛毛鼠家，正好看到毛毛鼠妈妈，把有点儿烤焦了的饼子放到毛毛鼠面前的盘子里，毛毛鼠拿起饼子就吃，一边吃一边还说："妈妈烤的饼子真香啊。"看到毛毛鼠快乐的样子，嘟嘟鼠悄悄地在心里说："傻瓜，饼子烤焦了还乐，有什么好乐的呢！"

不管什么时候，嘟嘟鼠总是皱着眉头，一副不高兴的样子。

有一天，嘟嘟鼠生病了，一连好几天他只能呆在屋子里，不能在阳光中行走，不能感受到风儿的吹拂，也不能去外边跟调皮的小雨点生闷气，真难受呀。

毛毛鼠带着一群小伙伴来了，他们带来了散发着阳光味道的野花，带来了挂着一身风儿的燕子风筝，带来了他们用自己的小手儿折叠的小船儿。他们像一群小鸟儿唧唧喳喳地唱着歌儿，像萤火虫一样快乐地在屋子里舞来舞去。

躺在床上的嘟嘟鼠太高兴了，他的眼里闪出激动的泪花，原来一切都是那样美好。

很快嘟嘟鼠的病好了，他不再是一副不高兴的样子了。每一天他都觉得非常快乐。呵呵，嘟嘟鼠明白了一个道理，其实，快乐就在身边。

🌂 大嗓门摩托车

嘟——嘟嘟嘟——哈哈猪骑着他的大嗓门摩托车刚走到巷口，巷子里的居民，便听到了这熟悉而又刺耳的声音。唉，这噪声让人心烦意乱。没办法，哈哈猪上班的厂子离家太远，又没公交车，哈哈猪必须得骑着他的大嗓门摩托车上下班。

嘟——嘟嘟嘟——哈哈猪的大嗓门摩托车，惊醒了睡梦中的鸭娃娃。鸭娃娃以为自己在火车上睡觉呢，她一醒来就问妈妈："火车到站了吗?"嘟——嘟嘟嘟——哈哈猪的大嗓门摩托车，让正在电视机前看篮球赛的牛叔叔，漏掉一句最精彩的解说词，为此，牛叔叔烦恼了整整一个下午；嘟——嘟嘟嘟——哈哈猪的大嗓门摩托车，常常打断在电脑前构思画面的画家鹅太太的思路。

嘟——嘟嘟嘟——哈哈猪骑着他的大嗓门摩托车，来回奔波，大家的耳膜也经受着一次次严峻的考验。

忽然有一天，从清晨到傍晚，大家一直都没有听到大嗓门摩托车的吼叫。真奇怪，是不是哈哈猪和他的大嗓门摩托车一起走丢了?

大家一起来到哈哈猪的家。原来大嗓门摩托车得"病"了。修理摩托车的眼镜鼠说："大嗓门摩托车听电视上说，噪声虽然看不见、摸不着，但危害却很强。超过50分贝噪声级，就会影响人体睡眠和休息；70分贝以上，就会发生精神不集中、降低工作效率的情况。如果长期工作或生活在90分贝以上的噪声环境里，会严重影响听力，导致许多疾病的发生。居民区的噪声级标准应该在 50 到 40 分贝，居民工商混合区在 55 到 45 分贝。于是，大嗓门摩托车就去环境保护局污控处去测试，才知道自己的噪声级为 99.9 分贝。大嗓门摩托车知道自己的嗓门太大，影响了大家的正常生活，就把自己的声音都藏在了肚子里，所以就憋出病来了。"

原来是这样呀！大嗓门摩托车能够为住在附近的居民着想，确实难能可贵呀！

眼镜鼠把大嗓门摩托车憋在肚里的声音，一点一点地从它肚子里掏出来，大嗓门摩托车的病好了。不过他的嗓门不那样刺耳了。修理摩托车的——不，看摩托病的眼镜鼠"医生"说，其实摩托的大嗓门也是一种病，他在为大嗓门摩托车看新病的同时，顺便把它的旧病也治好了。

嘟嘟——嘟嘟——呵呵，大嗓门摩托车的声音现在听起来悦耳多了。

第二辑
金色麦田

金色麦田

"滴哩，滴哩。"小铃铛雀像一只小铃铛，在一棵小树上蹦来蹦去，快乐地唱着歌。哦，小铃铛雀要过生日了，雀妈妈答应在小铃铛雀过生日的那一天，送给它一只会唱歌的漂亮的小蛐蛐。因为小铃铛雀最喜欢会唱歌的小蛐蛐了。所以雀妈妈打算在小铃铛雀过生日的那一天，去麦田里为小铃铛雀捉一只会唱歌的漂亮的小蛐蛐，作为生日礼物送给小铃铛雀。

小铃铛雀的生日到了，一大早，雀妈妈就起来了，雀妈妈把屋子收拾好，把自己漂亮的羽毛梳理好，然后展翅飞向田野。

不一会儿，雀妈妈就飞到了一块麦田边，金色的麦穗在清风中起起伏伏，麦田像一块黄色的绸缎在不停地抖动，雀妈妈悄悄地藏在麦田里，等待小蛐蛐的出现。

很快，一只大蛐蛐引起了雀妈妈的注意。大蛐蛐在麦地里跳来跳去，一会儿跳在麦田的这一行，一会儿又跳在麦田的那一行，好像在寻找什么东西。不一会儿，这只大蛐蛐就被雀妈妈抓住了。

雀妈妈高兴地唱起了歌："滴哩，滴哩哩，滴哩，滴哩哩。"

听着雀妈妈欢乐的歌声，大蛐蛐的眼睛里涌出了大颗大颗晶莹的泪滴。哦，原来，大蛐蛐是一只小蛐蛐的妈妈，因为今天也是小蛐蛐的生日，所以大蛐蛐早早地来到麦田，想为小蛐蛐采一朵漂亮的野花，作为生日礼物送给小蛐蛐，可是却被雀妈妈捉住了，大蛐蛐怎么能不伤心呢。

　　雀妈妈知道了这些情况之后，放掉了大蛐蛐，并在一个很高很陡的山崖上，为小蛐蛐采了一朵美丽的野花，请蛐蛐妈妈送给小蛐蛐，并祝小蛐蛐生日快乐。

　　雀妈妈又飞回了家，小铃铛雀不高兴地撅起了嘴巴。雀妈妈向小铃铛雀讲了蛐蛐妈妈和小蛐蛐的故事。小铃铛雀听了，高兴地说，妈妈讲的故事，就是送给我最好的生日礼物。

　　金色麦田在清风的吹拂下起起伏伏，像一块美丽的黄色绸缎在不停地抖动。谁也不知道，在这金色麦田里，还要发生多少美丽动人的故事呢！

🪂 吹口哨的豆包

吹口哨的豆包吹着口哨，行走在绿色的田野上。

田野里一个个小小的花苞苞，因为微风的吹拂而显得愁眉不展，当吹口哨的豆包从它们身边走过的时候，它们听到了欢乐的口哨声，马上变成了笑眯眯的花朵儿；一棵棵在强烈阳光照射下的小草显得无精打采，当听到豆包欢乐的口哨声时，小草们都挺起了腰杆儿，伸展着它们生机勃勃的叶片儿。

麦田里，一个农民伯伯戴着草帽，正在为麦子锄草，他累得腰酸背痛，汗水打湿了他脚下的土地，豆包欢乐的口哨声，很快消除了他的疲劳。

草地上，两只小蛐蛐因为一件芝麻大的小事儿，你推我搡互不相让，紧紧扭打在一起，豆包欢乐的口哨声，让他们突然感到十分羞愧。他们红着脸儿停止了扭打，握手言和。

最最重要的是，当豆包吹着欢乐的口哨，从一家网吧经过的时候，一群从学校逃出来，迷恋于网络游戏的孩子们，从网吧里冲了出来，他们当中有因为上网而辍学的小胖妞，有因为上网而面黄肌瘦的小豆芽，有因为模仿网络游戏而扭伤了脚脖子的小歪歪。他们跟着豆包欢乐的口哨声，追着豆包跑啊跑，跑到了一片树林里。在一棵大树下，每一片小树叶都给他们讲了一个十分有趣的故事，孩子们听了个个精神焕发，神采奕奕。

他们跟着豆包欢乐的口哨声，追着豆包跑啊跑，跑到一条小河边。在河边他们捡到了许多五彩缤纷的小石子、小贝壳。小石子和小贝壳们在一起，发出山泉般悦耳动听的声音。它们的声音和豆包的口哨声一起，汇聚成一支波澜壮阔的交响乐，荡涤着孩子们心中各种各样的尘埃。

他们跟着豆包欢乐的口哨声，追着豆包跑啊跑，来到一座高山上。山爷爷敞开宽广的胸怀欢迎他们的到来。孩子们在山爷爷的怀抱中尽情游玩，感悟到了什么是伟大，什么是渺小。

他们跟着豆包欢乐的口哨声，追着豆包跑啊跑……

豆包的口哨声，让孩子们忘记了虚拟的网络世界，回到现实中来。

吹口哨的豆包把孩子们送回到学校。在宽敞明亮的教室里，在阳光灿烂的操场上，老师们终于又看到了孩子们欢蹦乱跳的身影。

哦！吹口哨的豆包是快乐的豆包，吹口哨的豆包是幸运的豆包，要是你遇到了吹口哨的豆包，说明你已经遇到了快乐。

站在云朵上

水塘边有一块蚕豆地，春天来到了，一朵朵淡紫色的蚕豆花儿相继绽放，真美呀！每天清晨，太阳还没有出来，晶莹透亮的小露珠们就会在蚕豆上慢慢悠悠地散步。

有一天，一颗小露珠望着天空中飘逸的云朵，悄悄地对自己说："要是能站在云朵上，会是什么样子呢？"小露珠的话让蚕豆叶听到了，她说："啊，小露珠，你想站在云朵上，那怎么可能呢？"紫色的蚕豆花儿也说："呵呵，小露珠，想一想天空离我们有多遥远，你就会明白那是不可能的事儿。"正在这时，一条胖嘟嘟的小青虫爬到蚕豆苗上，蚕豆苗说："我身上痒痒的，是不是又长出一截小苗苗？"蚕豆叶和蚕豆花都回答说："有可能吧。"小露珠没有出声，他睁大眼睛看呀看，看到一条绿色的小青虫在蚕豆苗上慢慢蠕动。小露珠看到，小青虫跟蚕豆苗的样子还真像呀，怪不得蚕豆苗以为自己身上又长出一截小苗苗，也难怪蚕豆叶和蚕豆花没有发现它。

小露珠明白那是一条喜欢吃蚕豆苗的小青虫。经过仔细观察，小露珠发现蚕豆苗有非常大的变化。瞧，蚕豆苗的叶子，有的被小青虫咬走了一小块儿，有的被咬走一大块儿。小露珠还看到，有一片叶子就剩下那么一小点儿了，肯定是被这条小青虫吃掉了。小露珠想，要快点儿把这条小青虫消灭掉！不然，蚕豆苗都会被虫子吃光的，这样小蚕豆可就长不大了。

夜晚，小露珠来到水塘边，"笃笃笃"，小露珠敲开了小青蛙家的门。小青蛙从睡梦中醒来。小露珠向小青蛙说明来意。小青蛙跟着小露珠来到蚕豆地。在小露珠的指点下，小青蛙找到了那棵蚕豆苗，伸出她的舌头，吃掉了那条胖嘟嘟的小青虫。

第二天，太阳出来了，他把小露珠变成了水蒸气带上了天。小露珠实现了自己的梦想，真的站在了云朵上。

站在云朵上的小露珠，看到了他熟悉的田野，田野是那样美丽。站在云朵上的小露珠，又看到了水塘边的那块蚕豆地。细心的小露珠看到那棵让小青虫咬过的蚕豆苗，因为缺水有一点点枯萎了，而且好像已经昏倒在田地里了。小露珠焦急地离开云朵，飞快地来到她的身边。昏迷中的蚕豆苗感觉到了水的甘甜，渐渐醒过来了。

站在云朵上的小露珠，又回到水塘边的蚕豆地里，他依然是一颗美丽善良的小露珠。

🌂 帽子歌

松鼠阿姨喜欢买帽子，她有一个专门放帽子的柜子，里面放满了各式各样的帽子。

帽子们住在松鼠阿姨专门为它们设计的柜子里，个个神采飞扬，光彩照人，灿烂无比。每天，松鼠阿姨出门的时候都要打开柜子，根据她的需要，选择一顶她最喜欢的帽子戴上，然后唱着歌儿出门。松鼠阿姨和她的帽子们一起，度过了一个又一个轻松愉快的日子。

有一天，松鼠阿姨戴着一顶淡蓝色的喇叭花帽子，走在回家的路上。走着走着，松鼠阿姨觉得热了，因为她感到自己的额头上渗出细细的汗珠。松鼠阿姨脱下帽子，一边走路，一边哼着一首《帽子歌》："帽子，帽子，花朵一样的帽子；帽子，帽子，一座神奇的小屋子……"粗心的松鼠阿姨唱着歌儿回到家中，才发现手中的帽子不见了。

松鼠阿姨返身走出家门，沿着回家的路，寻找丢失的帽子。在路边，松鼠阿姨看到几只小瓢虫，落在她那顶淡蓝色的喇叭花帽子上，其中一只小瓢虫落在帽子中间，一只稍大一点儿的小瓢虫飞到她的面前说："祝你生日快乐！"其他的小瓢虫也都跟着说："生日快乐！""生日快乐！""谢谢你们，谢谢你们！"那只小瓢虫脸儿红红的，很兴奋的样子。轻快的乐曲声中，小瓢虫们高兴地又唱又跳。

淡蓝色的喇叭花帽子给小瓢虫们带来那么多的欢乐，松鼠阿姨看到了真高兴啊。

"帽子，帽子，花朵一样的帽子；帽子，帽子，一座神奇的小屋子……"松鼠阿姨唱着歌儿往回走。

"哇哇哇，小瓢虫们真幸福。"草坪上一只淡蓝色的小蝴蝶说："我要是有一顶帽子该多好啊！它会是一个很宽敞的帽子剧院，不过，最好是一顶红色的帽子。"听到小蝴蝶说的话，松鼠阿姨急急忙忙跑回家，从柜子里找出一顶红色的毛线帽，丢在了淡蓝色小蝴蝶说话的草坪上。

"哇，我真的捡到了一顶红色的帽子，我有了一个宽敞的帽子大剧院，我会邀请所有的朋友们来观看我的舞蹈表演。"淡蓝色的小蝴蝶激动地说。

松鼠阿姨听了，高兴地又唱起了歌儿："帽子，帽子，花朵一样的帽子；帽子，帽子，一座神奇的小屋子……"

走着走着，松鼠阿姨又听到一只小蚂蚁说："小瓢虫和小蝴蝶真幸福，我们要是有一顶帽子有多好呀，它会是我们小蚂蚁们的幸福城堡。"听了小蚂蚁的话，松鼠阿姨急急忙忙回到家中，从柜子里又找出一顶米黄色的绣着粉色花朵的遮阳帽，丢在小蚂蚁说话的路上。小蚂蚁看到帽子高兴地欢呼起来："哇，大家快来看呀，我们有了一座幸福城堡。"

哇，松鼠阿姨太高兴了，她的米黄色的绣着粉色花朵的遮阳帽，现在是小蚂蚁的一座幸福城堡了。

雨伞不是降落伞

　　小闹钟把棒棒熊叫醒的时候，太阳已经照在他房间淡紫色的窗帘上了。棒棒熊眯着眼睛从被窝里爬起来，匆匆忙忙喝了一杯牛奶，吃了一片面包，就出门去上学。到了学校，棒棒熊才发现数学作业本丢在家里了。棒棒熊满头大汗气喘吁吁地跑回家，三步并作两步跑上二楼，打开房门，在写字桌上找到自己的数学作业本，就急急忙忙向门口走去。忽然，他看到自己的小雨伞静静地站在门后。"呵呵，"棒棒熊高兴地笑出了声，"我就要迟到了，就让我的小雨伞作一次降落伞，帮我快点飞下楼，快点跑回到学校吧。"

　　棒棒熊打开小雨伞，来到二楼阳台上的窗户口，就直接往下跳。"扑通。"棒棒熊摔倒在一块绿色的草坪上。"哇哇哇，"棒棒熊摔到地上觉得浑身又麻又疼，他好像动不了了。啊！为什么呀？棒棒熊不明白，小雨伞根本没起作用，它不是降落伞呀。

　　棒棒熊非常狼狈，他躺在草坪上不想起来了。

　　"小捣蛋，快起来吧，你够幸运的了。是风爷爷带着风奶奶和风娃娃才把你刮到草坪上了，不然，你要是摔在水泥地上，那可就惨了。"躺在草坪上的棒棒熊听到这是好朋友梅花鹿的声音。

　　棒棒熊从草坪上爬起来，把小雨伞扔在地上，梅花鹿走过来把它收拢再打开。梅花鹿看到小雨伞的骨架都生锈了，有几根骨架已经断了。抬头看了一下，二楼窗台到地面，起码有四米多高，拿雨伞当降落伞跳，真危险呀。

梅花鹿对棒棒熊说："在遇到火灾等紧急情况下，拿雨伞当降落伞跳，多数人会严重受伤。不仅孩子们，很多成年人也因为好奇，拿雨伞当降落伞跳。有资料说，人从高空向下落时，速度能达到每秒几十米。一顶迎风面积为2030平方米的降落伞，产生的空气阻力可以使人的下落速度减少到每秒5米左右，这样就和从1米高的地方跳下来差不多。可是，普通雨伞撑开后还不到1平方米，空气阻力相当有限。何况，雨伞的设计特点是，伞面能承受一定的风力，若遇较强风力由内到外，雨伞立刻就会散架。靠一把普通的雨伞当降落伞，想从高处安全着地，是不可能的。这可是简单的常识哦！你明白了吗？"

听了梅花鹿的话，棒棒熊的脸红红的，他不好意思地说："明白了，谢谢你！以后我再也不会做这样的傻事了。"

会生长的房子

小瓢虫朵朵最喜欢牵牛花，春天她用铁锹把院子里的一片小空地翻整平，然后把一颗黑褐色卵状的三棱形牵牛花籽，种在那片翻好的空地里。暖融融的阳光照耀着那片香喷喷的松软的土地，小瓢虫朵朵拿着小水壶隔几天就给牵牛花浇浇水。

过了一些日子，牵牛花长出来了，绿色的叶子越长越大，那细细的，黑绿黑绿的藤蔓，好长好长，就像是长长的须。那长长的须真神奇，只要看见篱笆就紧紧抓住不放。任凭风吹雨打，藤都落不下来，藤缠着篱笆直往上爬。叶子也非常地好看，每片叶子上都有一个缺口，叶柄就插在缺口上。叶尖，尖尖的好像一把刀，叶纹，弯弯的像一条线，画在叶子的正中央，叶子是爱心形，美丽极了！墨绿的叶子，随风微微颤动，像一面面小旗在飘动。叶子下面，开着美丽的牵牛花。

牵牛花每天清早伴着太阳开放。红色的、紫色的，就像一个个小喇叭，太阳落山了，牵牛花也凋谢了。第二天早晨，又有一批新的牵牛花伴着太阳开放了。

篱笆上的牵牛花，把小瓢虫朵朵的小院子点缀得格外美丽，春风轻轻拂过，篱笆上的叶子就像一群群蝴蝶扑打着翅膀，漾起阵阵波纹，真好看呀！小瓢虫朵朵把喇叭一样的牵牛花当做花朵房子，她住在了最上面的牵牛花房子里。

经过仔细的观察，小瓢虫朵朵发现牵牛花开口像四角星的形状，仿佛能听见从喇叭里传出一阵阵优美动听的音乐；再倒着看，牵牛花像个彩色帽子，还像一只美丽的小铃铛，更像一个精致的小铜钟。牵牛花的花蕊里有一团团黄色的花籽，等到花谢了，那些黄色的花籽就是种子了。

看着自己种出来的美丽的牵牛花，小瓢虫朵朵高兴地唱呀唱：

> "小小牵牛花呀，开满竹篱笆呀，
> 一朵又一朵呀，吹起小喇叭！
> 嘀嘀嘀嗒，嘀嘀嘀嗒，
> 嘀嘀嘀嗒，嘀嘀嘀嗒……"

一天天过去了，牵牛花越长越高，小瓢虫朵朵的牵牛花房子也越长越高，啊，牵牛花房子不仅漂亮，而且是会生长的房子。

秋天来了，牵牛花凋谢了，在花蒂那个地方结出很多很多的花籽，经过太阳晒，秋风吹，调皮的花籽从一个个壳里蹦出来了。花籽有的被风吹到山上，有的被吹到田野里，还有的被吹到地里。来年，这些花籽将长出一棵棵小牵牛花。

小瓢虫朵朵又兴奋地唱起来：

> "小小牵牛花呀，真呀真可爱呀，
> 一朵连一朵呀，吹起小喇叭！
> 嘀嘀嘀嗒，嘀嘀嘀嗒，
> 嘀嘀嘀嗒，嘀嘀嘀嗒……"

奇怪的喷嚏病

河马大伯得了一种奇怪的喷嚏病。

一个星期天的早晨，河马大伯起床后，像往常一样，先把床单整理好，再把被子叠成一个豆腐状的方块，然后就准备出门去散步。刚出门，河马大伯就觉得鼻子有点痒，紧接着就打了三个响亮的喷嚏。从此，河马大伯就开始不断地打喷嚏。

"阿嚏"，"阿嚏"，河马大伯不住地打着喷嚏。吃饭的时候喷嚏会把餐具打得"七零八落"，喝水的时候喷嚏会把水杯打得"落花流水"。

"阿嚏"，"阿嚏"，河马大伯上街去买水果和蔬菜，喷嚏推翻了狐狸的水果摊，打翻了猪大妈的蔬菜柜台；"阿嚏"，"阿嚏"，河马大伯走过小松鼠的家门口，喷嚏又震破了小松鼠的气球房子。

"阿嚏"，"阿嚏"，河马大伯在家里，喷嚏打坏了他平时最喜爱的摆在客厅里的一把紫砂壶；"阿嚏"，"阿嚏"，喷嚏打坏了他的一支万能写字笔，也打坏了他时刻都离不开的用来工作的电脑。

早晨，河马大伯不再出门去散步；上午不再上街去买水果和蔬菜；晚上也不再像以前那样兴致勃勃地坐在电脑前工作了。

由于喷嚏的干扰，河马大伯什么也不能干，什么也干不好。为此，他感到非常非常的苦恼。

"嘀嘀嘀——""嘀嘀嘀——"在一个雨过天晴，阳光明媚的日子里，犀牛阿猛开着一辆大卡车运货，一不小心陷进了路旁的一个大泥潭里，无论犀牛阿猛怎么样努力，就是没办法把大卡车从泥潭里开出来，犀牛阿猛急得满头大汗。

正在这时，河马大伯路过这里，看着那辆呆在泥潭里一动不动的大卡车和急得满头大汗的犀牛阿猛，河马大伯毫不犹豫地向前走去，他决定让自己威力无比的喷嚏，把犀牛阿猛的大卡车从泥潭中解救出来。

"阿嚏"，河马大伯的第一个喷嚏打得大卡车摇了摇，

"阿嚏"，河马大伯的第二个喷嚏打得大卡车动了动，

"阿嚏"，河马大伯的第三个喷嚏把大卡车从泥潭中救了出来。

"好哇！好哇！"站在一旁的小动物们看傻了眼，都情不自禁地欢呼起来。

犀牛阿猛更是感动得热泪盈眶，连声说："谢谢您，谢谢您，河马大伯。"

"不用谢，不用谢。啊——"奇怪呀，无论河马大伯怎么努力，却再也打不出那样奇怪的喷嚏来了。

呵，河马大伯的喷嚏病，奇迹般地好了。

船妈妈和鸭妈妈

　　小鸭子呷呷呷，跟着他的船妈妈；风里来雨里去，船妈妈也非常用心地守护着她的小鸭子。小鸭子跟着他的船妈妈在河水中游呀游，像一只快乐的鸭子鱼，船妈妈追着可爱的小鸭子，感到自己是世界上最幸福的妈妈。突然有一天，小鸭子不见了他的船妈妈，小鸭子在河水中游来游去，寻找他的船妈妈。

　　船妈妈回来了，她的身边多了一个鸭妈妈。船妈妈对小鸭子说："快来看看你的亲妈妈。"

　　小鸭子呷呷呷，他对船妈妈说："你就是我的亲妈妈。"

　　船妈妈说："鸭妈妈才是你的亲妈妈。"船妈妈笑眯眯地讲了一个小故事："有一个鸭妈妈孵出一个鸭娃娃，狐狸来叼鸭娃娃，鸭妈妈为了救她的鸭娃娃，腿被狐狸咬伤了，妈妈要去治伤，她把自己的孩子托付给船妈妈哺养。"

　　船妈妈指着鸭妈妈腿上的伤疤对小鸭子说："你就是那个鸭娃娃，鸭妈妈腿上的伤疤是为了救你被狐狸咬伤的。"

　　小鸭子看着鸭妈妈腿上的伤疤，眼泪"吧嗒吧嗒"掉下来，他小声地喊了一声："妈妈。"

　　鸭妈妈亲着小鸭子，眼睛里闪着幸福的泪花。

　　鸭妈妈说："谢谢你船妈妈，在我治腿伤的日子里，把小鸭子收养。"

船妈妈说："别客气，我还要感谢你让我成为一个幸福的船妈妈。"

小鸭子真高兴，他说："我是最幸福的小鸭子，因为我有两个妈妈，船妈妈和鸭妈妈。"

快快长大

快快长大，快快长大，小松鼠艳艳在暖暖的阳光下是这样想。快快长大，快快长大，小松鼠艳艳在嘀嗒嘀嗒的春雨声中，也是这样想；快快长大，快快长大，小松鼠艳艳在温馨的被窝里，还是这样想。

春天里，松鼠妈妈拿着小铁锹，在松树圃里挖出一捆又一捆的小树苗，然后又一株一株地栽到地里，横看竖看都成行。绿油油的小树苗在微风中摇摆着小小的身躯，好像在排着队舞蹈，真美啊！为了使小树苗栽地更好更快，松鼠妈妈请在一旁玩耍的小松鼠艳艳过来帮忙，帮她扶好小树苗。这时候，小松鼠艳艳正在暖暖的阳光下玩，她想着自己长大了，就会像松鼠妈妈一样，会种出一排又一排的，看起来非常美丽的小松树。所以听到妈妈的呼唤，小松鼠马上大声地回答说："等我长大了，再去帮你扶！"

松鼠哥哥要到一个比较远的地方去旅行，去爬山，他准备好了所有的旅途用品：帐篷、雨衣、火柴、水壶、厨具、水果、饼干等等。

松鼠哥哥找来一个大大的旅行包，请小松鼠艳艳帮忙，把这些旅途用品装在旅行包里。

这时候，小松鼠艳艳正在"嘀嗒嘀嗒"的春雨声中，想着自己长大了，就会像松鼠哥哥一样，去旅行，去爬山。所以，听到哥哥的呼唤，小松鼠马上大声地回答说："等我长大了，再去帮你装！"

"艳艳，艳艳，快起来，咱们一起去捡松果。"一大早，松鼠姐姐背着一个大竹筐要去捡松果，她喊小松鼠艳艳一起去捡。

这时候，小松鼠艳艳正在温馨的被窝里想着，自己长大了就会像姐姐一样，背着大竹筐去捡好多好多的大松果。所以，听到姐姐的呼唤，她马上大声地回答说："等我长大了，再去和你一块捡松果！"

快快长大，快快长大，小松鼠艳艳总是这样想，可是她什么也不干，什么也不学着干，小松鼠艳艳什么时候才能长大呢。

快乐的小·青蛙

"呱儿呱，呱儿呱，我是快乐的小青蛙，唱的歌儿顶呱呱，呱儿呱，呱儿呱。"一只要去旅行的小青蛙一边走一边唱。说是去旅行，实际上就是从它住的这块稻田，去到它隔壁的另一块稻田里。呱儿呱，小青蛙刚走出它居住的稻田边就迷失了方向。要去旅行的稻田该往哪个方向去呢？正好，一只小田鼠蹦到了它的面前。

"呱儿呱，臭田鼠，去隔壁的稻田该从哪个方向走呢？"小青蛙问。

"吓我一跳！哪有你这样问话的，我不告诉你。"说完，小田鼠头也不回地蹦走了。

嘿，臭田鼠，你不告诉我，我还可以去问别人的。小青蛙这样想着，又去问在田埂上跳远的小蚂蚱。

"呱儿呱，小蚂蚱快告诉我，去隔壁的稻田怎么走？"

小蚂蚱说："是小青蛙呀，你要去你隔壁的稻田呀。"

"是呀，少啰嗦，快点儿告诉我怎么走。"对小蚂蚱的问话小青蛙很不耐烦。

小蚂蚱说："你这样说话，让我怎么告诉你，你自己找吧。"说完，小蚂蚱跳得远远的。

嘿，小东西，我还不稀罕你告诉呢。小青蛙这样想着，看到一只小蜻蜓正在一片水草叶儿上休息。

小青蛙跳过去，摇着水草说："喂，小蜻蜓，快说，去隔壁的稻田，从哪个方向走？"

小蜻蜓眨着蒙眬的眼睛说："你干吗打扰我休息？"说着，小蜻蜓又飞到另一棵水草上休息去了。

嘿，都不告诉我，小青蛙揉揉走累了的右腿。这时，一只小蜥蜴窜到了它的面前，大声地喊："喂，臭青蛙，我要去隔壁的稻田旅行，从哪个方向走呀？"

小青蛙不高兴地说："吓我一跳！哪有你这样问话的，跟谁学的呀？"

"跟你学的呗！我一直在你后面走着呢。"小蜥蜴回答。

哦，小青蛙的脸红了。它告诉了小蜥蜴去隔壁稻田的方向，然后又轻声地问："小蜥蜴，你知道去隔壁稻田怎么走吗？"

"知道呀。"小蜥蜴说，"我就是从你隔壁稻田来的，刚走出居住的稻田就迷失了方向。"小蜥蜴告诉了小青蛙去隔壁稻田的方向。

其实呀，小青蛙要去旅行的稻田，就是小蜥蜴居住的稻田，小蜥蜴要去旅行的稻田，就是小青蛙居住的稻田。因为周围只有那两块稻田。

"呱儿呱，呱儿呱，我是快乐的小青蛙，唱的歌儿顶呱呱，呱儿呱，呱儿呱。"小青蛙唱着歌儿，去它隔壁的另一块稻田旅行去了。

小·芸豆

小芸豆从豆荚妈妈的怀抱里欢蹦乱跳地跑出来，落到松软的泥土上。刚刚离开妈妈怀抱的小芸豆，虽然已经长大了，可是，有点湿漉漉的身上，还散发着豆香。豆荚妈妈叮咛的话语还没有说完，急着要离开家、离开妈妈的小芸豆，就悄悄地溜走了。

在一块绿色的小草坪上，小芸豆遇到了正在草地上玩耍的小蛐蛐。

"你好！"小芸豆说。

"你好！"小蛐蛐说。

两个小不点儿，互相打了招呼，很快就成为了好朋友。它们在草地上玩呀玩，小芸豆一会儿把自己当做绿色的小雪球，滚来滚去；一会儿又把自己当做卡丁车，跑来跑去。它们在一起开心地玩着，一次又一次地重复着它们的游戏。当小芸豆又一次把自己当做卡丁车，在草地上尽情奔跑时，由于"超速行驶"，差点儿掉进旁边的一条小山沟。就在这千钧一发之际，小蛐蛐及时跑过来救了它。它们一起回到草地上，小蛐蛐带着小芸豆来到自己的家，蛐蛐妈妈对小芸豆的到来表示热烈的欢迎。它为小蛐蛐整理好沾满草屑和泥土的衣服，也为小芸豆擦干净了脸上的污垢，还在小芸豆的额头上画了弯弯的眉毛，脸上涂了红红的胭脂，把小芸豆打扮得像一位漂亮的小公主。

啊，世界真美好！小芸豆高兴得差点飞起来，我要让大家都认识我——漂亮的小芸豆。就这样，小芸豆谢绝了小蛐蛐的挽留，谢绝了蛐蛐妈妈让它再住几天的建议，兴冲冲地离开了小蛐蛐的家。

在一片小树林里，有点湿漉漉的小芸豆，身上散发出的豆香，很快吸引了一只毛毛虫。

"你是谁呀？"毛毛虫问。

"我是一颗小芸豆。"小芸豆回答说。

"欢迎到我家来做客。"毛毛虫伸出一只毛茸茸的前腿和小芸豆打着招呼。

"好的。"小芸豆高高兴兴地接受了毛毛虫的邀请，与毛毛虫一起来到毛毛虫的家。呵，毛毛虫的家就是一片蜷缩的大树叶。毛毛虫的家里就毛毛虫自己，小芸豆希望毛毛虫是一个像小蛐蛐那样的好朋友。

"我们一起玩好吗？"小芸豆说。

"我才不喜欢与你这种乳臭未干的东西一起玩呢。"毛毛虫咬牙切齿地说。

"啊，你说什么？"小芸豆不明白毛毛虫为什么会这么说。

毛毛虫把自己蜷缩成一个小圆圈，让它身上的小绒毛紧紧地抓着小芸豆并把小芸豆团团围住。

"多好的美味佳肴呀，比树叶好吃多了！"说完，毛毛虫就开始噬咬小芸豆。小芸豆浑身像火烙一样难受。正在这时，一只小鸟从空中飞下来，消灭了这只可恶的毛毛虫。

小芸豆得救了，它明白了一个道理，世界上不仅有像小蛐蛐和它的妈妈那样友好的朋友，还有像毛毛虫那么可恶的坏蛋呢。随着时间的推移，小芸豆相信自己会渐渐长大。

美丽的油菜花

春天到来的时候，冬眠了一个季节的花朵精灵，也从长长的睡梦中醒来了。花朵精灵打了一个长长的哈欠。大地苏醒过来，一股泥土的香味弥漫开来，芬芳了整个世界。

花朵精灵飞过天空的时候，云彩变成了洁白的云朵，蓝天变成了种植云朵的土地；花朵精灵飞过大海的时候，海鸥成为飞翔的花朵，它们红色的喙，像是对花朵的点缀。

花朵精灵飞过丛林的时候，丛林里所有的小花都开了，红的蓝的紫的，五彩缤纷。

花朵精灵飞过一个小山村，看到一间破旧的房屋。袅袅炊烟从烟囱升起，房屋里面传出老爷爷的咳嗽声和老奶奶的问候声。

老爷爷说："别拦着我，我要起来。"

老奶奶说："你不能起来，你起来就会咳嗽得更厉害。"

老爷爷说："春天已经到来，我再不起来，再不出去种油菜，就会晚的。"

老奶奶说："你就在家里好好休息，我去种。"

老爷爷说："不行，你会累坏的。"

老奶奶说："不会的，你别担心。"

老爷爷说："我不放心。"

老奶奶翻箱倒柜找出一包油菜籽。

老爷爷打开包裹看着油菜籽，眼里露出无比的喜悦。他用那双长满硬茧的手抚摸着一颗颗油菜籽，像抚摸着自己的孩子，眼睛里闪着激动的泪花。

　　花朵精灵飞过老爷爷和老奶奶的油菜地，从袖子里抖落出金黄的油菜花瓣，让天空下起了花瓣雨。

　　老爷爷和老奶奶的油菜地里顿时开满金色的油菜花，金色的油菜花散发着醉人的芳香。

　　辛勤的小蜜蜂唱着歌儿，纷纷落在油菜花儿上，当老奶奶搀扶着老爷爷来到油菜地里的时候，他们被眼前的景色惊呆了。

　　春天来了，美丽的油菜花开放了。

我的妈妈会绣花

　　棉花鼠的花褂褂让树枝划破个小洞洞，鼠妈妈用丝线在小洞洞上绣了一朵漂亮的花儿，大家都说真漂亮。

　　棉花鼠想：我的妈妈真伟大，在被划破衣服的小洞洞上绣了花，我的花褂褂比以前更好看了。要是小朋友的花褂褂上都有划破的小洞洞，那该有多好，妈妈给那些小洞洞绣上花儿，小朋友们的衣服一定会更漂亮的呀！

　　棉花鼠去问小花鹿："你的花褂褂上有小洞洞吗？我的妈妈会绣花儿。"

　　小花鹿不高兴地说："你的花褂褂上才有小洞洞呢。"

　　棉花鼠去问胖小熊说："你的花褂褂上有小洞洞吗？我的妈妈会绣花儿。"

　　胖小熊不高兴地说："你乌鸦嘴呀。"

　　棉花鼠想不明白，自己是想帮他们，可为什么他们都这样呢？

　　棉花鼠又去问小花狗："你的花褂褂有小洞洞吗？我的妈妈会绣花儿。"

　　"没有，你才有呢。"小花狗生气地回答。

　　"怎么都没有呢？"棉花鼠感到非常失望。

　　棉花鼠第七次问小花鹿："你的花褂褂上有小洞洞吗？我的妈妈会绣花儿。"

小花鹿一句话也没说，愤怒地离开了。

　　终于有一天，小花鹿的花褂褂上磨开了一个小洞洞，棉花鼠知道了，高兴得又蹦又跳。它带着小花鹿回到家，让鼠妈妈为小花鹿缝补花褂褂上的小洞洞。鼠妈妈用彩色的丝线为小花鹿补好了花褂褂上的小洞洞。小花鹿花褂褂上的小洞洞变成一朵漂亮的花儿，谁见了都夸。

果冻猪种黄瓜

春风刚刚刮过，冰封的泥土才露出复苏的脸颊，果冻猪就迫不及待地在地里栽上了黄瓜苗。

黄瓜苗刚栽好，果冻猪就盼望它们快快长大。"黄瓜黄瓜快长大。"每天，果冻猪都要去地里看望他的黄瓜苗，每天，果冻猪都会这样说。可是，果冻猪每次去看望黄瓜苗，黄瓜苗们都是老样子，一点儿也没有见长。几片叶子，挂在黄瓜藤上，无精打采，一点儿长的意思也没有。果冻猪急得像热锅上的蚂蚁，他还等着他的黄瓜苗赚钱呢。

正在这时，笑眯眯狐狸来推销一种叫"长得快"的农药。果冻猪欣喜若狂，呵，天助我也。果冻猪暗想：狐狸先生真好啊，这可真是雪中送炭呀。就这样，果冻猪从笑眯眯狐狸的手中买回一大包——不，三大包"长得快"。

"黄瓜黄瓜快长大。"果冻猪一边给黄瓜苗施用"长得快"，一边对黄瓜苗们唠叨着。

鸭妈妈知道了，对果冻猪说："不要相信狐狸的话，施用农药对黄瓜生长会有不利影响，你可要小心。"

果冻猪说："没关系，狐狸先生不会骗人的，你不要疑神疑鬼。"

自从果冻猪给他的黄瓜苗施用了"长得快"农药，他的黄瓜苗们就开始飞快地生长，三天开花，五天结果。黄瓜们个个长得膘肥体壮，胖得像圆脸蛋的苹果。真是太神奇了。

果冻猪兴奋得眼睛都红了，他把一筐又一筐的黄瓜运到蔬菜市场，黄瓜很快销售一空。可是，好景不长，一顿饭的工夫，买黄瓜的顾客都发现了同一个问题，吃了胖黄瓜，他们的身上也很快长出了黄瓜样的大包。

金丝猴大夫说，这是因为黄瓜苗施用了"长得快"农药，是"长得快"农药在他们身上"捣乱"呢。

雨点般的拳头打在果冻猪的身上，果冻猪抱头鼠窜。还没来得及吃自己黄瓜的果冻猪，被愤怒的顾客揍得鼻青脸肿，身上也"长出"一个个黄瓜样的大包。顾客中，有一张果冻猪特别熟悉的脸，是笑眯眯狐狸。这会儿的果冻猪，真是哑巴吃黄连——有口难辩呀。

望着笑眯眯狐狸幸灾乐祸的嘴脸，果冻猪暗暗下定决心，以后一定不会急功近利，上当受骗了。

妈妈的爱甜甜的

熊娃娃和熊爸爸去旅行，熊妈妈留在家里。

火车唱着歌，带着熊娃娃和熊爸爸，翻山越岭，走过一个又一个城市和村庄，飞过一个又一个大平原。

"妈妈，妈妈，我要妈妈。"熊娃娃突然大声地喊起来。

熊娃娃的声音飞出窗外，风阿姨把他的声音传给小鸟，小鸟把他的声音传给山爷爷，山爷爷把他的声音传给大海妈妈，大海妈妈把他的声音传给小河娃娃。

熊妈妈正在小河边洗衣裳，她听到了熊娃娃的喊声。可是，熊娃娃不知道妈妈已经听到了他的喊声，他还是继续喊："妈妈，妈妈，我要妈妈。"

熊妈妈在一片树叶信笺上给熊娃娃写了一封信：

亲爱的小宝贝：

你好！妈妈听到你的声音感到非常高兴。但是你不要喊妈妈了，如果火车上的每个人都像你这么喊，会把铁道周围的房子震塌，会把火车经过的附近森林里的小动物吓坏，你愿意这样吗？

吻你。

爱你的妈妈

×年×月×日

熊妈妈把她写给熊娃娃的信，读给小河娃娃听，小河娃娃把信读给大海妈妈听，大海妈妈把信读给山爷爷听，山爷爷把信读给小鸟听，小鸟把信读给风阿姨听，风阿姨把信读给熊娃娃听，并在熊娃娃的脸颊上，轻轻地吻了吻，把熊妈妈的亲吻送给了熊娃娃。

　　熊娃娃听着妈妈写给自己的信，感受到了妈妈的爱。熊娃娃躺在熊爸爸的怀里睡着了，他的脸上荡漾着甜甜的笑容。

　　哦，妈妈的爱甜甜的。

第三辑

阳光灿烂的日子

阳光灿烂的日子

阳光灿烂的日子，青蛙姐姐总是喜欢站在水灵灵的荷叶上大声唱歌儿，百灵鸟从湖面上飞过的时候，听到了青蛙姐姐欢乐而充满阳光味道的歌声。

百灵鸟停在湖边，邀请青蛙姐姐去参加森林里举办的一个音乐会，青蛙姐姐高兴地答应了。

准备工作开始了，青蛙姐姐想：我唱什么歌呢？就唱《让我们荡起双桨》吧，这首歌脍炙人口，旋律优美，节奏悠扬，形象生动地描绘出我们幸福、快乐的生活。

"让我们荡起双桨，小船儿推开波浪……"唱着唱着，青蛙姐姐忘记后面的歌词了，她想起小螃蟹的活页纸歌本上有这首歌曲。

青蛙姐姐去找小螃蟹借活页纸歌本："螃蟹妹妹，百灵鸟邀请我去参加森林里举办的一个音乐会，我想唱《让我们荡起双桨》，我忘记歌词了，想借你的活页纸歌本看看歌词。"

"啊，你要去参加森林里举办的一个音乐会？"小螃蟹的目光伸得直直的，羡慕的口水都快要流出来了。

"是的。"青蛙姐姐说，"我想借你的活页纸歌本，可以吗？"

"哦。"小螃蟹想了想说："当然可以。"

可是小螃蟹根本没打算借活页纸歌本给青蛙姐姐，因为每当听到青蛙姐姐的歌声，小螃蟹总是不满地皱皱眉头说："臭美。"她想让青蛙姐姐在森林音乐会上因为记不起歌词而出出丑，看她以后还要不要整天"呱呱呱"地唱呀唱。

小螃蟹把有《让我们荡起双桨》歌曲的那页纸撕掉，然后把她的活页纸歌本送过来了，青蛙姐姐高兴地说："谢谢，谢谢。"

青蛙姐姐在小螃蟹的活页纸歌本上找呀找，没有找到《让我们荡起双桨》这首歌曲，小螃蟹的活页纸歌本上只有《小螃蟹进行曲》，青蛙姐姐只好准备演唱《小螃蟹进行曲》。

森林音乐会开始了，青蛙姐姐上台演唱《小螃蟹进行曲》："向前向前小螃蟹，在每一个有风的日子；向前向前小螃蟹，在每一个有雨的日子；向着太阳，向着光明，前进前进小螃蟹，向着阳光灿烂的日子。"青蛙姐姐高亢的声音充满激情，赢得观众阵阵热烈的掌声，站在台下想看热闹的小螃蟹也不由得鼓起掌来……

森林音乐会结束了，百灵鸟评委宣布："青蛙姐姐演唱的《小螃蟹进行曲》获特别奖。"

看到青蛙姐姐阳光般的笑脸，小螃蟹的脸不由得红了，它想：在青蛙姐姐的心里，每一天都是阳光灿烂的日子。

☂ 今天我请客

"今天我请客。"哈哈鼠对蛋蛋鼠说,"我们去饭店好好喝一顿,热闹热闹。"

来到饭店,哈哈鼠要了最好的菜,最好的酒,还要了冰镇可乐。哈哈鼠跷着二郎腿,摆出一副有钱人的架势,兴冲冲地对蛋蛋鼠说:"兄弟,这几年过上了好日子,我肚子里每天装得满满的,全都是些好东西。"

蛋蛋鼠说:"那好呀,我们今天就好好喝一顿。"

哈哈鼠说:"今天是个好日子,干杯!"说完,端起酒杯一饮而尽。哈哈鼠和蛋蛋鼠你一句我一句地说着话,你一杯我一杯地喝着酒。

结账的时候,哈哈鼠翻遍了身上所有的口袋,也没掏出一分钱,蛋蛋鼠掏钱结了账。

"今天我请客。"哈哈鼠对嘟嘟鼠说,"我们去饭店好好喝一顿,热闹热闹。"来到饭店,哈哈鼠要了最好的菜,最好的酒,还要了冰镇可乐。哈哈鼠又是倒酒又是点菜,摆出一副请人的架势,他兴冲冲地对嘟嘟鼠说:"如今的日子要吃有吃,要喝有喝,冬天有夏天吃的,夏天有冬天吃的,可方便了。今天我请你吃饭,你尽管吃好、喝好,别客气。"

"好!"嘟嘟鼠听了非常高兴。

结账的时候，哈哈鼠翻遍了身上所有的口袋，也没掏出一分钱，嘟嘟鼠掏钱结了账。

"今天我请客。"哈哈鼠对喷嚏鼠说，"我们去饭店好好喝一顿，热闹热闹。"来到饭店，哈哈鼠要了最好的菜，最好的酒，还要了冰镇可乐。哈哈鼠对喷嚏鼠说："今天我请你吃饭，你想吃什么尽管说，咱们要吃最好的菜，喝最上档次的酒，来个一醉方休。"

"很好。"听了哈哈鼠的话，喷嚏鼠兴奋得脸都红了。

哈哈鼠和喷嚏鼠交杯换盏，整整吃喝了一个下午。

结账的时候，哈哈鼠翻遍了身上所有的口袋，也没掏出一分钱，喷嚏鼠掏钱结了账。

过了一些日子，哈哈鼠盖了一间漂亮的大房子，他可高兴了！他准备请大伙儿到他家开一个小小的宴会，好好庆祝庆祝。

哈哈鼠早早地起床了。他首先系上围裙，洗洗手，然后一边哼着小曲，一边准备着香甜可口的饭菜。

忙完后，哈哈鼠顾不上擦去脸上的汗水，就去邀请他的小伙伴们。他来到蛋蛋鼠家对蛋蛋鼠说："今天我请客，请你到我家做客。"

蛋蛋鼠摆摆手回答说："我要去逛商店，顾不上去你家吃饭。"

从蛋蛋鼠家出来，哈哈鼠发了一个短信给嘟嘟鼠，邀请嘟嘟鼠到他家做客。嘟嘟鼠给他回了五个字的短信：不能去，太忙。

哈哈鼠又打电话给喷嚏鼠："喷嚏鼠快到我家里来，今天我请客。"

喷嚏鼠在电话中说："我正在淘米做饭，不能去你家吃饭。"

哈哈鼠一个客人都没请来。他看到自己洗好的一盘盘新鲜水果，烧好的一盘盘香喷喷的骨头、鱼虾，炒好的一盘盘香喷喷的菜肴，心里很不是滋味。

为什么伙伴们都不来呀，这次我可是真心请他们来的呀。哈哈鼠心里想，我以后不会再犯自己请客，让别人掏钱结账的错误了。

今天的生日真有趣

小鹿妈妈从衣柜里找出一件很久不穿的花毛衣。她把花毛衣穿在身上试了试，有点短，有点窄，已经不合身了；它把花毛衣挂在衣架上，有点长，有点肥，也不好看。花毛衣还能派上什么用场呢？小鹿妈妈想。

小鹿妈妈找呀找，找到花毛衣袖口的线头儿，想把花毛衣拆开来。小鹿妈妈拆呀拆，好半天只拆开一点点。真累呀，要是有个帮手该多好。

两只青蛙"呱呱呱"，来帮小鹿妈妈拆毛衣，大家一起动手，花毛衣就开始一圈圈变小。

它们一边拆一边唱，不一会儿，就堆起一座毛线山。

两只小鸭跑过来，帮小鹿妈妈绕毛衣线。它们一边绕一边跑，好像在舞蹈。不一会儿，毛线山就变成了一个毛线球。

两只小狗跑过来，在毛线球上滚来又滚去，快快乐乐做游戏。

过了几天，小鹿妈妈过生日，两只小青蛙唱起欢乐的歌儿；两只小鸭表演了绕毛线舞蹈；两只小狗表演了滚毛线球的精彩杂技。

小鹿妈妈眯眯笑："今天的生日真有趣！"

玩具大展销

小野猪在野外玩儿，捡到了小野兔丢掉的黄头发洋娃娃，捡到了小松鼠丢掉的大型玩具百变金刚，捡到了大犀牛丢掉的跑跑玩具车。小野猪把它们抱回家，小心翼翼地清洗，然后把它们打扮得漂漂亮亮，像新的一样。

小野猪打算把它们送回家，可是，怎么送呢？小野猪想呵想，终于想出了一个好办法，举办一场玩具大展销活动，让玩具们回到自己主人的身边去。就这样，小野猪去请小伙伴们来帮忙。

小野猪找到了小野兔，对小野兔说："我想举办一场玩具大展销活动，请你帮我粉刷墙壁。"小野兔想：你要举办玩具大展销活动，关我什么事呢？小野兔这样想着，就回答说："对不起，我已经答应妈妈，今天哪儿也不去，要帮妈妈捡白菜。"

小野猪找到了小松鼠，对小松鼠说："我想举办一场玩具大展销活动，请你帮我布置展厅。"小松鼠想：你要举办玩具大展销活动，关我什么事呢？它这样想着，就回答说："对不起，今天我有点不舒服，不能帮你去布置展厅。"

小野猪找到了大犀牛，对大犀牛说："我想举办一场玩具大展销活动，请你帮我整理一下玩具。"大犀牛想：你要举办玩具大展销活动，关我什么事呢？它这样想着，就回答说："对不起，今天我要去野外写生，没有时间帮你整理玩具。"

小野猪自己粉刷墙壁，自己布置展厅，自己整理玩具。几天之后，玩具大展销活动如期举行了。展览厅里摆放着小野兔丢掉的洋娃娃，小松鼠丢掉的大型玩具百变金刚，大犀牛丢掉的跑跑玩具车。

　　小野兔、小松鼠和大犀牛看到玩具上贴着自己的名字，都不好意思地低下了头。它们一定在想，真的很对不起小野猪哦。

☂ 雪花围巾

冬天来了，菜棚里的蔬菜们，都围上了彩色的围巾。豆苗围上了绿色的围巾，胡萝卜围上了红色的围巾，茄子围上了紫色的围巾，就连小土豆，也围上了土黄色的围巾。五彩缤纷的围巾，让它们的朋友风娃娃羡慕不已。每次来到菜棚里和朋友们一起玩儿，看着朋友们都围着鲜艳的彩色围巾，风娃娃总会轻轻地说：太美了，太美了。

忽然有一天，大家发现了同一个问题，怎么不见风娃娃围围巾呢？风娃娃的围巾是什么样的呢？大家七嘴八舌，与风娃娃探讨一个又一个关于围巾的话题。

豆苗说："风娃娃，你的围巾是什么样的呢？"

胡萝卜说："风娃娃，真想看看你的围巾。"

茄子说："风娃娃，把你的围巾围上吧。"

土豆说："风娃娃，你的围巾一定很漂亮吧？"

风娃娃总是轻轻地说："冬妈妈正在为我织围巾呢，我的围巾很快就会织好的。"

一天天过去了，大家始终没有看到风娃娃的围巾。

豆苗说："风娃娃是不是在说谎呢？"

胡萝卜说："冬妈妈根本没有为他织围巾？"

茄子说："没有围巾的冬天是多么的寒冷啊。"

土豆说："一个冬天没有围巾该怎么过呢？"

有一天，风娃娃又来了，他告诉朋友们说："冬妈妈为我织的围巾，已经织好了。"

"在哪儿呢？"大家异口同声地问。

"在这儿呢。"风娃娃站在菜棚外大声地回答。

大家不约而同地向菜棚外望去，看到雪花在风中轻轻地飞舞。

啊，真美啊！大家都说，风娃娃的雪花围巾，是这个冬天里最漂亮的围巾。

🌂 大嘴巴熊

大嘴巴熊是一家大型商场三楼服装区的一个模特儿。它穿着一双特大号的运动鞋，有点儿长的牛仔裤，有点儿肥的花格子大衬衣，戴一顶帽檐又长又宽的白色旅游帽。

大嘴巴熊不光嘴巴大，它的眼睛也大，鼻子也大，耳朵也大，衣服也又宽又大。大嘴巴熊天天微笑着，迎接着熙熙攘攘来逛商场的顾客们。他从来没上过大街。他特别渴望有一天出去看看，大街是什么样子的。

大嘴巴熊决定上大街走一趟。天黑了，大嘴巴熊走出商场，来到大街上。它看到大街上人来人往，真热闹呀。霓虹灯闪着五彩缤纷的光芒。忙忙碌碌的气氛笼罩在城市中。街道两旁有大大小小的服装店和日用百货店，有卖肉蛋禽类的，有卖蔬菜瓜果的，有卖烤肉串的，还有卖炒瓜子炒花生和炒栗子的。

大嘴巴熊像一只冲出笼子的小鸟儿，自由地飞翔在大街上。它闻到了水煎包的香味，闻到了牛肉拉面的香味，闻到了枣泥糕的香味，还闻到了炸麻花的甜香气。这样的夜晚真美好，大嘴巴熊心里甜甜得想。

卖豆腐脑儿的摊位前排着长队，有人在买油条和豆腐脑儿，有人在买糖酥饼和绿豆稀饭。

一个老爷爷吃力地推着一辆架子车，车上装着瓜果，大嘴巴熊帮着老爷爷把车子推回家。"谢谢你。"老爷爷说着，从车上拿下一个大苹果，不由分说，装在大嘴巴熊的大口袋里。

大嘴巴熊帮着戴花头巾、穿蓝色工作服的清扫工胖阿姨，打扫一天来丢弃在地上的瓜子壳，花生壳和栗子壳，打扫地上的雪糕纸、烟蒂、菜叶等废弃物。

大嘴巴熊帮助炸麻花的大婶揉面搓麻花。炸麻花的大婶一边揉面搓麻花一边唱："搓麻花，搓麻花，搓出花儿一朵朵；搓麻花，搓麻花，歌声流出心窝窝。"

大嘴巴熊跟着炸麻花的大婶，一边搓麻花一边唱着歌儿。大嘴巴熊不仅学会了一门搓麻花的手艺，还学会了一首快乐的《搓麻花歌》。

第二天早晨，大嘴巴熊又回到商场。如果你来到这家大型商场，走上三楼服装区，就会听到大嘴巴熊唱着快乐的《搓麻花歌》。你要是仔细观察就会发现它的脸上还有一点点的污黑，还有一点点面粉呢。污黑是他帮胖阿姨打扫卫生时留下的记号，面粉是他搓麻花时弄在脸上的。他的大口袋鼓鼓囊囊，里面有卖水果的老爷爷送给他的大苹果。

棕熊爸爸的假钞

棕熊爸爸在白狐狸的酒厂打工，发工资的时候，棕熊爸爸领到一张百元假钞。棕熊爸爸想花掉这张假钞。它来到斑马爷爷的报摊前，说买一张晚报。棕熊爸爸掏出假钞，斑马爷爷从胸前的小包包里掏出所有的零钱，也没找开棕熊爸爸的百元假钞。于是，斑马爷爷说，你先拿去看吧。

棕熊爸爸又来到袋鼠妈妈开的小面馆里，吃了一碗面，付款时棕熊爸爸拿着这张假钞犹豫起来，棕熊爸爸知道，袋鼠妈妈开这个小面馆不容易，是为了供袋鼠宝宝上学的，因为袋鼠爸爸躺在病床上好几年了。棕熊爸爸的假钞在它的口袋里转了几圈，最终还是乖乖地待在了它的口袋里。

从小面馆里出来，棕熊爸爸来到白狐狸卖酒的门市部，喝醉了酒的白狐狸，脸儿涨得通红。棕熊爸爸在这儿买了一瓶酒，花掉了这张百元假钞。

第二天，棕熊爸爸又来到袋鼠妈妈的小面馆，袋鼠妈妈眼泪汪汪地掏出假钞让棕熊爸爸看，说这是昨天白狐狸吃完面给的。棕熊爸爸一看到那张熟悉的假钞，就明白是怎么回事了。看着袋鼠妈妈憔悴的面容，棕熊爸爸心里很难过。它对袋鼠妈妈说，这不是假钞，不信，我换一张给你。说着从口袋里掏出一张钞票，换回了袋鼠妈妈的假钞。

　　现在这张假钞，又回到了棕熊爸爸的手里。棕熊爸爸把它撕了个粉碎，然后向空中抛去，看着假钞的碎片在风中飞落，棕熊爸爸的心里感到十分轻松。

丰收的秋天真美好

秋天来到了，院子里的果树上，结满了青青的小果子。小兔兔和大兔兔高兴地在院子里跳来跳去。小果子终于变红了，从果子还是毛茸茸的"小豆子"时起，她们姐妹俩就开始盼着，果子快点儿红起来，快点儿成熟起来。她们天天数呀数，果树上一共结了32个毛茸茸的小果子。一天天过去了，毛茸茸的小果子慢慢地长大了。

小兔兔想摘一个红果子吃，大兔兔说："不行，等再变红点儿。"

小兔兔望着红红的小果子，很响亮地咽了一口口水。大兔兔跟着也很响亮地咽了一口口水。

一阵风儿吹来，"啪嗒""啪嗒"，从树上掉下两个红红的小果子来。小兔兔和大兔兔弯下腰，分别从地上捡起一个小果子。

它们擦去小果子上的泥土，把小果子贴在脸颊上亲呀亲。然后又把小果子放在鼻子上嗅呀嗅。

小兔兔说："小果子真绵。"

大兔兔说："小果子真香。"

小兔兔把自己拿的小果子递给大兔兔说："你看看我的小果子绵不绵。"

大兔兔把自己拿的小果子递给小兔兔说："你闻闻我的小果子香不香。"

大兔兔说："真绵。"

小兔兔说："真香。"

兔妈妈给小兔兔和大兔兔编了两个小网兜，小兔兔和大兔兔把红红的小果子装在网兜里，挂在胸前。

好多天过去了，小兔兔和大兔兔一直把小果子挂在胸前。兔妈妈发现红红的小果子快蔫了，小兔兔和大兔兔这才开始吃自己心爱的小果子。

一点一点，小兔兔和大兔兔把小果子吃到了肚子里，当它们手里只剩下果核和果把儿的时候，小兔兔咂咂嘴说："小果子甜滋滋的。"大兔兔咂咂嘴说："小果子香脆脆的。"

兔妈妈把所有的小果子从树上摘下来，分成五份，自己家留一份，把另外几份放在一个竹篮里。然后让小兔兔和大兔兔提着竹篮，去给邻居们送果子。兔妈妈说："给牛伯伯，鸭婆婆，还有狗大妈和猪姐姐家各送一份儿。"

小兔兔说："我不想去，我肚肚疼。"

大兔兔说："我们才几个果子呀，为什么要送人呢？"

兔妈妈说："好东西要大家分享，让邻居们也尝尝我们丰收的喜悦。"

小兔兔和大兔兔不高兴地挎着竹篮，慢腾腾地走出家门。

不一会儿，小兔兔和大兔兔高高兴兴地回来了。竹篮满满的，装了牛伯伯送的玉米，鸭婆婆送的核桃，狗大妈送的饼干和猪姐姐送的萝卜。

小兔兔和大兔兔脸蛋红红的，呵呵，丰收的秋天真美好呀。

小竹夹

一只崭新漂亮的小竹夹，生活在一根绿色的晾衣绳上。它每天的工作就是把晾在晾衣绳上的小物件，比如像袜子、围巾、坎肩等卡紧卡牢，不让它们从晾衣绳上掉下来，或者不让它们被风吹落。

小竹夹很不满意自己的生活。它不想在晾衣绳上工作，它想找一个更好的工作去做。这样，小竹夹工作起来就经常心不在焉。

风儿一次次飞过，邀请小竹夹一起去玩耍，小竹夹就一次次从晾衣绳上滑落，晾衣绳上的东西，也常常会从晾衣绳上掉下来。因为小竹夹和小物件，一次次地从晾衣绳上掉落，晾衣绳的主人以为小竹夹不能用了，就随手把小竹夹扔掉了。

小竹夹一蹦三尺高，它兴奋的心情是谁都无法想象的，终于可以离开那条讨厌的、枯燥无味的晾衣绳了。

小竹夹在许多陌生的地方漂游了一段日子，却始终也没找到适合自己做的工作。

在一个办公室夹文件，职员们嫌它太笨拙；在市场上夹咸鱼，卖鱼的又说它没有长长的柄；为小朋友夹作业本，小朋友说它有点光滑。小竹夹非常伤心。

一位阿姨把小竹夹带回了家。阿姨洗了一块花手帕，把花手帕晾在了晾衣绳上，并用小竹夹把花手帕夹好。

风儿吹来了，晾衣绳上的花手帕左摆右飘，像摇曳的花朵，像飞舞的柳絮。啊，一切都是那么美好，绿色的晾衣绳也是那样的可爱，小竹夹觉得自己是世界上最幸福的小竹夹。风儿再一次飞过，邀请它一起去玩，小竹夹却始终没有离开自己的工作岗位。

逛服装店的猪妈妈

猪妈妈想买一件花褂褂。这天，它早早地来到一家服装店。在楼梯口，猪妈妈碰到了以前的老邻居泥泥猪，它们热情地拥抱并相互问好。走进服装店，猪妈妈从一个衣架上，取下一件有蓝色图案的花褂褂。猪妈妈来到试衣间，穿好花褂褂在镜子前左瞧右看，肥了点。猪妈妈脱下了那件花褂褂，走出这家服装店。

猪妈妈又来到另一家服装店，在门口，碰到多年不见的老同学巧巧猪，它们手拉手，一起走进服装店。猪妈妈从一个衣架上，取下一件有红色图案的花褂褂。猪妈妈来到试衣间，穿好花褂褂在镜子前端详来端详去，瘦了点。猪妈妈脱下了那件花褂褂，走出这家服装店。

猪妈妈又来到另一家服装店，在店里，猪妈妈碰到了也来买衣服的好朋友芽芽猪，它们一起在服装店里逛来逛去。猪妈妈从一个衣架上，取下一件有紫色图案的花褂褂。猪妈妈来到试衣间，穿好花褂褂在镜子前左看右瞧，短了点。猪妈妈脱下了那件花褂褂，走出这家服装店。

猪妈妈又来到另一家服装店，在这儿，猪妈妈碰到了好久不见的瓜瓜猪，它们一起回忆了过去一起工作的开心日子，然后才分手。猪妈妈从一个衣架上取下一件有鹅黄色图案的花褂褂。猪妈妈来到试衣间，穿好花褂褂在镜子前左看右瞧，长了点。猪妈妈脱下了那件花褂褂，走出这家服装店。

　　猪妈妈又来到另一家服装店，在这儿，一个漂亮的猪姑娘拉住了猪妈妈的手，猪妈妈一时想不起这猪姑娘是谁。猪姑娘说，我是小妞妞呀，小时候就住在你家隔壁，你常常为我梳头发扎辫子呢！哦，是小妞妞，长这么大了，都认不出来了。猪姑娘离开之后，猪妈妈从一个衣架上，取下一件有银色图案的花褂褂。猪妈妈来到试衣间，穿好花褂褂在镜子前左看右瞧，不肥不瘦不短不长正合适。猪妈妈拿着花褂褂去问价，卖服装的小猪猪告诉了猪妈妈一个最低价，猪妈妈听了瞪圆眼：太贵了，太贵了。猪妈妈脱下了那件银色的花褂褂，带着一点点遗憾走出了这家服装店。

　　一个服装店又一个服装店，整整一天，猪妈妈逛遍了这个城市所有的服装店，也没有买到一件合适的花褂褂。不过猪妈妈还是很高兴，这一天，它见到了许多熟悉又可爱的大猪猪和小猪猪。

幸福的野猪老师

野猪老师教它的几个学生做手工——学折纸。今天，野猪老师要教它们学折风车。野猪老师虽然有点儿聋哑，可是野猪老师心灵手巧。它分给小花鹿一张黄色的纸，分给小白兔一张红色的纸，分给小刺猬一张蓝色的纸，分给小猴子一张紫色的纸。在野猪老师的精心指导下，小花鹿折成了一个黄色的风车，小白兔折成了一个红色的风车，小刺猬折成了一个蓝色的风车，小猴子折成一个紫色的风车。望着一个个鲜艳的彩色风车，小动物们围着野猪老师高兴地笑呀跳呀，真开心啊。

可是，不一会儿，小猴子就把紫色的风车给拆了。小白兔说："好好的风车为什么要拆掉呢？"小花鹿说："你真是个破坏大王。"小刺猬说："你真是个顶淘气的小猴子呀。"

小猴子呢？不回答也不吭声。它用紫色的纸折呀折呀，折了拆，拆了折，谁也不明白它在干什么。

终于折好了，小猴子拿着一个大家似曾相识又不是很熟悉的折纸问："你们看，像不像一个助听器呀？"

"嗯，像，真像。""你真聪明呀！""多么漂亮的助听器呀。"小花鹿、小白兔和小刺猬异口同声，对小猴子折的助听器赞不绝口。

晚上，小花鹿被黄色的风车带到一个开满黄色花朵的花园里，小花鹿高兴地摘了一束黄色的鲜花。黄色的风车带着它，悄悄地将鲜花放在野猪老师的床头。野猪老师睡得正香呢，一点儿也不知道。

小白兔被红色的风车带到一个开满红色花朵的花园里，小白兔高兴地摘了一束红色的鲜花。红色的风车带着它，悄悄地将鲜花放在野猪老师的床头。野猪老师睡得正香呢，一点儿也不知道。

小刺猬被蓝色的风车带到一个开满蓝色花朵的花园里，小刺猬高兴地摘了一束蓝色的鲜花。蓝色的风车带着它，悄悄地将鲜花放在野猪老师的床头。野猪老师睡得正香呢，一点儿也不知道。

小猴子呢？也把紫色的助听器，悄悄地放在了野猪老师的床头。

第二天，小鸟的歌声把野猪老师从睡梦中叫醒，野猪老师看到自己的床头有那么多香喷喷的鲜花，还有一个正适合自己戴的助听器。野猪老师心里充满甜蜜的感觉，它想，我是最幸福的老师啊。

美丽的毛毛虫

一场大雨过后，蚯蚓、蜈蚣和毛毛虫相遇在一起。蚯蚓和蜈蚣窃窃私语，嘲笑毛毛虫长得太丑陋。蚯蚓看见毛毛虫扭着身子走路，就冲她骂道："丑陋的家伙，别学我走路。"蜈蚣看见毛毛虫身上长满了刚毛，就大声斥责："小怪物，不要同我穿一样的衣服。"

毛毛虫多么伤心啊！

槐花盛开的时节，蝶儿们成群涌来。槐树上热闹得像过节一样。暖暖的阳光下，蝶儿们翩翩起舞，它们那有着美丽花纹的、彩色的、硕大的翅膀，在花瓣与阳光之间，光彩夺目。

小粉蝶们也在舞着，轻轻的，欢乐荡漾在它们身边。毛毛虫舒展了眉头，躲在槐树叶背后静静地观赏。此时此刻，它最大的愿望就是自己能够变成一只美丽的蝴蝶，哪怕是一只小小的粉蝶。毛毛虫扭动着身子想要飞舞，可是，因为他的身子实在太笨拙了，一转身，差点滚落树下，它难过地流下了泪水。毛毛虫从自己的一滴眼泪里，看到自己是那样的丑陋。但是盛开的槐花，使它感到了飞翔的幸福。

毛毛虫回想起自己的过去：在郁郁葱葱的热带雨林里，一条毛毛虫在一片绿叶上孤单地破卵而出。它抬头望望天空，天空是那样的湛蓝。它这个毛茸茸的小家伙才出生就会寻找食物，聪明地把自己蛋白质含量颇高的卵壳，给吃了个精光……

呵呵，我一定要努力实现自己的愿望，毛毛虫坚定地想。在一次次的风雨中，毛毛虫学会了勇敢地面对一切。经过 8 个星期的艰苦奋斗，惊人的蜕变发生了。逐渐变大的毛毛虫，走出了它一生最重要的一步——吐出一根丝，用丝绕住了自己的身体，并把丝绑在树干上，悬挂在树上的绿色毛毛虫"伪装"成了一片叶子，在叶子内开始"大变美女"。两个星期后，毛毛虫忍受了蜕皮的痛苦，老化的躯壳脱落了，一只美丽的红黑相间的蝴蝶破茧而出，飞翔到了五颜六色的花朵中间。毛毛虫完成了蜕变，实现了自己的愿望。

　　毛毛虫变成了一只美丽的蝴蝶。蚯蚓仰首望着她，蜈蚣殷勤地追逐着她。它们不知道，它就是那只丑陋的，它们曾经非常嫌弃而且嘲笑过的毛毛虫。

☂镜子里的小·虎子

小虎子是妈妈的宝贝。小虎子是爸爸的宝贝。小虎子是外婆的宝贝。小虎子是外公的宝贝。小虎子是家里所有人的宝贝。宝贝小虎子的脾气出奇得坏。

比如，妈妈让小虎子起床，小虎子皱起小眉头，赖在被窝里说："不起不起就不起。"还顺手把床头柜上的瓷娃娃扔在地上，摔个粉碎。

比如，外婆为小虎子剥好了一个香蕉，小虎子头摇得像波浪鼓："不吃不吃就不吃。"还顺手把桌子上的小茶杯，扔向窗外。

比如，外公给小虎子端来一小碗他最喜欢喝的豆浆，他说："不喝不喝就不喝。"还一巴掌把豆浆打翻，盛豆浆的小碗自然摔坏了。

因为妈妈没有找到他要的图画书，"啪"，他摔坏了瓷汤匙；因为外婆没听到他的喊声，"啪啦啪啦"，他摔坏了三块硬塑料积木；因为外公不准他戴老花镜，"啪嚓"，他摔坏了玻璃做的小镜子。

一次，二次，三次……当小虎子又一次摔坏一个新买回的小镜子时，奇怪的事发生了。摔坏的小镜子变成许多小镜子，许多的小镜子里，出现了许多个小虎子。这些小虎子有的说："你赔我的瓷娃娃。"有的说："你赔我的小茶杯。"有的说："你赔我的小碗碗。"有的说："你赔我的瓷汤匙。"有的说："你赔我的小积木。"有的说："你赔我的小镜子。"许多的小虎子，怒视着真正的小虎子，好像要把他吃掉一样。小虎子害怕极了。

后来，一个微弱但十分坚定的声音，从小虎子的喉咙里蹦了出来："我，我，我以后再也不会摔东西了。"

给你好大好大的快乐

呱呱鼠生病了，妈妈从打工的地方回来，守护在它的身边，除了照料它的生活，还为它讲了许多许多好听的故事。

"妈妈，"呱呱鼠搂着妈妈的脖子说："你讲的故事，给了我好多好多的快乐。"

"是吗？"妈妈亲亲呱呱鼠的小耳朵说："妈妈也感到了非常多非常多的快乐。"

几天之后，呱呱鼠的病好了，妈妈又要去很远的地方打工。呱呱鼠又留在了家里，和奶奶一起生活。

蒸馍馍的时候，奶奶给脸上挂着泪水的呱呱鼠捏了一个非常漂亮的小面鱼儿，还用香豆豆给小面鱼点上两颗亮晶晶的圆眼睛。奶奶说："小面鱼儿能给人带来好大好大的快乐。"

"是真的吗？"呱呱鼠追着奶奶忙碌的身影问。

"是真的呀。"奶奶用沾满面粉的手，摸摸呱呱鼠的小脑袋。

蒸好的面鱼儿睁着黑亮的大眼睛，看着奶奶，看着呱呱鼠，真美呀。

奶奶把小面鱼儿捧给呱呱鼠，让它吃掉香喷喷的小面鱼儿。

呱呱鼠没有吃，它用一张崭新的白纸，把小面鱼儿包好，然后小心翼翼地装到一个信笺里，它要把小面鱼儿，寄给在远方打工的妈妈。

呱呱鼠还给妈妈写了一封信："亲爱的妈妈，你好！我是你的小宝贝呱呱鼠，给你寄上奶奶蒸的面鱼儿。奶奶说，小面鱼儿能给人带来好大好大的快乐，把它寄给你，给你好大好大的快乐。"

几天之后，妈妈收到呱呱鼠寄来的，已经长了绿色毛毛的小面鱼儿，也收到了呱呱鼠的信。

妈妈给呱呱鼠写了一封回信，上面写道："亲爱的小宝贝，妈妈收到了很大很大的快乐！"

可爱的呱呱鼠不要担心哦，妈妈已经收到了你寄给她的，好大好大的快乐。

美好的一天

美好的一天开始了。阳光灿烂，小鸟"啾啾"地唱着歌儿；湛蓝的天空中，几朵白云，像硕大的银色花朵在静静地绽放。长耳朵兔妈妈起床了，它唱着歌儿，收拾好床铺，然后准备兔爸爸和小兔的早餐。不一会儿，就把做好的早餐摆到了餐桌上。等大家都吃好了，兔妈妈又唱着歌儿，把餐桌上的碗呀瓢呀盆子呀，放到橱柜里。再把地板擦干净，把书架上的书整理好。

然后，长耳朵兔妈妈挎着竹篮出门去买菜，左拐一排卖日用品的小商场，再左拐一片卖烧烤的小摊，再左拐一个大超市，再往前走三米远的路，长耳朵兔妈妈就来到菜市场。

长耳朵兔妈妈在菜市场转了几圈，买了一斤西红柿，两棵大白菜，三根小黄瓜，五个小辣椒。长耳朵兔妈妈想，再买几个小蘑菇，就可以回家做午饭了。

"沙沙沙"，谁在我的脚下走？长耳朵兔妈妈低头一看，是一只小螃蟹。小螃蟹说："我找不到家了，阿姨，你会把我送回家吗？"

"会，会，阿姨把你送回家。"长耳朵兔妈妈连连点头，"你的家在哪儿呀？"

小螃蟹说："就在沙滩上呗。"

长耳朵兔妈妈带着小螃蟹走了很远的路，来到一片沙滩上。坑坑洼洼的沙滩上，有许多小螃蟹的家，它们只好一家一家地挨着找。

累了，歇一会儿再找。

哇，就在太阳微笑着，藏到西边大山后面的时候，它们终于找到了小螃蟹的家。

月牙儿携着灿烂的星光，悄悄地出现在天空中，五彩缤纷的灯光照亮了大地。长耳朵兔妈妈挎着竹篮，唱着歌，经过菜市场，向前走三米，右拐一个大超市，再右拐一片卖烧烤的小摊，再右拐一排卖日用品的小商场，长耳朵兔妈妈回到了家。兔爸爸笑眯眯地说："辛苦你了！"小兔跑过来，抱住妈妈，亲亲妈妈的长耳朵，然后悄悄地对妈妈说："妈妈，你终于回来啦。"兔爸爸和小兔，早已准备好了晚餐，等着兔妈妈回来一块儿吃呢。长耳朵兔妈妈一边吃饭，一边想，今天尽管有点儿累，却也是美好的一天哦。

彩带飞扬

　　一道土路旁，长着几株零星的小白杨。大头宝宝、小头贝贝、苹果妞妞和几个小伙伴在土路旁做游戏，他们的手里，都拿着一条鲜艳的彩带，有红的、黄的、蓝的、紫的。他们一会儿用彩带做跳绳，像小燕子一样，轮流在彩带跳绳下，飞来飞去；一会儿用彩带做跳高杆，一个一个在彩带跳绳上跳来跳去，像光滑灵敏的小鲤鱼；一会儿又用彩带把两棵小树连在一起，变成一个彩虹桥，然后又在两棵树周围跑来跑去，玩得真开心。

　　胖奶奶走在土路上，她拾回了一大包的废品，有易拉罐，有塑料用品，有啤酒瓶。"哗啦"一声，胖奶奶的污黑的包裹，被废品给撑破了，废品撒了一地。大头宝宝、小头贝贝、苹果妞妞和他们的小伙伴们一起，帮着胖奶奶把那些废品收好，又用彩带捆绑好包裹，和胖奶奶一起，把废品送回了家。

　　瘦爷爷推着平板车，吃力地走在土路上，平板车上装着满满当当的西瓜。瘦爷爷推着西瓜车，大口地喘着气，走走停停。大头宝宝、小头贝贝、苹果妞妞和他们的小伙伴们用彩带做成拉车绳，帮瘦爷爷把车拉上了土坡，把一车西瓜送回了家。

　　彩带飞扬，大头宝宝、小头贝贝和几个小伙伴用彩带和小树枝搭了一个花轿，把苹果妞妞抬在上面，在土路上来来回回地扭呀扭。苹果妞妞坐在花轿上，脸蛋真的像一个红苹果。

　　彩带飞扬，远远望去，飞扬的彩带是那样的美丽，像彩虹、像花团，更像五彩缤纷的希望的火苗，真美啊！

淘气的小田鼠

小田鼠皮皮总是很淘气很淘气。上游戏课时，老师让大家在操场上拍皮球，拍着拍着，小田鼠皮皮就把皮球抢到自己手里，然后就抱着皮球跑到台阶上去滚去拍。玩丢手帕游戏时，手帕传到小田鼠皮皮手里的时候，它拿着手帕走了一圈又一圈，很长时间过去了，就是不肯把手帕丢给小朋友。因此，许多小朋友都不愿和它一起玩儿。

一天，老师又上游戏课，玩警察护送小朋友过马路的游戏。这回老师让小田鼠皮皮当警察。

老师在距教室门口两米远的地方画了一条线，又在距这条线三米远的地方画了另一条线。老师对小朋友们说，两条线中间就是马路；小朋友们从教室出来，小田鼠皮皮从马路的这一边，护送小朋友到马路的那一边就可以了。玩游戏的一共十五个小朋友，就是说，小田鼠皮皮要把这些要回家的小朋友，一个个都送过马路。

小田鼠皮皮高兴地又蹦又跳。

游戏开始了，小田鼠皮皮认真地护送每一个小朋友过马路。它发现小猴子的鞋带没系好，就帮它系好；它发现小青蛙的纽扣没有扣好，就帮它扣好；还帮胖小猪拍掉身上的泥土。

老师说十五个小朋友做游戏，十四个小朋友过去了，只差一个小朋友了。小田鼠站在"马路边"等啊等，阳光把小田鼠皮皮的小脸儿晒得通红通红。老师走过来了，要小田鼠皮皮回教室休息，小田鼠皮皮摇摇头说："我还要护送第十五个小朋友过马路。"老师笑着说："第十五小朋友就是你自己呀。"小田鼠皮皮恍然大悟，拉着老师的手，蹦蹦跳跳地跑回教室里去了。

彩虹桥

村子三面环山，北面是一条自西向东流淌的小河。小河的北面是一条东西方向的宽阔的柏油马路，也是村子通向外面世界的唯一出口。

小河虽然不太宽也不是很深，但却给人们的出行带来了很大的不便。

比如，妞妞的爷爷要进城去，给妞妞的奶奶买药，过小河的时候，要先脱掉鞋子，卷起裤腿，然后再慢慢地蹚过去。

红红的姑姑开着一个杂货铺，每次去城里进货，回来时，肩上总是挑着一担重重的货物，摇摇晃晃走过小河时，河水常常打湿柳筐里的货物。

竹竹想要去看看柏油马路上跑来跑去的大卡车、小汽车，蹚过小河真不容易呀。

大人们用铁丝和木板，在小河上搭建了一座软软的小桥。这样就有了一座小桥可以通向柏油马路。人们出行的时候也方便多了。走在晃晃悠悠的桥上，看河水在桥下静静地流动，小桥上留下了许多欢歌笑语。

妞妞、红红、竹竹经常在小桥上画画。她们给小木板，涂上了各种鲜艳的色彩。远远望去，小桥变成了一座美丽的彩虹桥。

香香鼠和臭臭鼠

香香鼠和臭臭鼠一起收拾东西。他们的面前放着一个大大的旅行包。

臭臭鼠问香香鼠："我们要去哪儿？"

香香鼠说："走到哪儿算哪儿。"

香香鼠又说："我们出去旅行，能让自己的见识更多、知识更丰富，明白吗？"

臭臭鼠点点头，好像是明白，又好像是不明白。

臭臭鼠和香香鼠刚走出门口没几步，就听到有声音传来："别走别走，把我也带上吧。"

仔细听听，声音好像是从空中传来的。他们停下脚步，循着声音抬头望去。他们看见了一只漂亮的小小的红气球。

臭臭鼠问："刚才谁在说话？"

红气球笑了笑没吭声。

臭臭鼠又问了一遍，这回红气球小声地说了一句："是我！"

香香鼠问："你在喊我们？"

红气球笑了笑说："是，是的。"

红气球的笑容像一朵美丽的花儿。

臭臭鼠眨动着眼睛说："是你在说话吗？你的声音真好听，像是在唱歌儿。"

红气球又笑了笑说："是，是这样的，我在这儿待得太闷了，刚才听你们说要出去旅行，我也想出去开开眼界，你们愿意带我去吗？"

臭臭鼠高兴地说："那还用说吗？我们欢迎新朋友，况且你是一个可爱的小姑娘。"

香香鼠也说："是的，我们很愿意带上你，可是，你能行吗？要知道，在太阳底下你会被晒坏的。"

红气球努力地点了点头说："是的，你说得对，所以我才请你们帮助呀。"

他们一起来到小河边。

香香鼠对红气球说："你要不要先跳到河里洗个澡，多挂点水珠，可以抵挡一阵灼热的阳光。"

红气球皱着眉头说："那样的话我是不是太重了，我就不会走得太快。"

臭臭鼠说："你不要出来了，就顺着河水漂流。"

香香鼠说："这个办法不好，那样她只能跟着河流漂，许多地方就到不了啦。"

香香鼠对红气球说："我们把你打扮一下，使你既漂亮又不怕晒。"

红气球说："这样最好啦！"

他们三个在周围采了些树叶和花草。

香香鼠手中拿着两片硕大的树叶，他对红气球说："来，我把你打扮得漂漂亮亮的，先把这两片树叶围在腰上，你们看，多漂亮的裙子呀。"

臭臭鼠拿着一朵喇叭花，把它戴在红气球的头上说："看见没有，花一样的帽子有了。"

香香鼠拍着手说："嗨，真的好漂亮，我也想戴一朵。"

臭臭鼠说："你也是女孩子吗?"

香香鼠红着脸说："谁说我是女孩子了?"

臭臭鼠说："不是女孩子,为什么要戴花?"

香香鼠说："我是要给红气球妹妹戴花。"

说着香香鼠弯下腰,从地上摘了一朵小黄花,插在红气球喇叭花帽子的左边。

臭臭鼠拍着手说："红气球妹妹太漂亮了。"

接着香香鼠和臭臭鼠又用节节草为红气球编了两只手镯,戴在红气球的手腕上。

红气球完全变了样儿,她跑到小河边,望着水中那个美丽的女孩儿,自言自语说："这是我吗? 我能有这样漂亮吗?"

红气球对香香鼠和臭臭鼠说："谢谢你们,你们是世界上最了不起的设计师。"

香香鼠和臭臭鼠笑眯眯地说："也谢谢你,你让我们感到非常地快乐。"

三个好朋友,高高兴兴,一起去旅行。

第四辑
美丽的彩虹

第四章

現況分析報告

美丽的彩虹

　　雨过天晴，一道美丽的彩虹挂在天空。正在一条小河边的树林里采蘑菇的小松鼠想：多美丽的彩虹呀！像一条彩色的围巾，要是自己能有一条像彩虹一样的围巾，那该有多好。

　　哇，真的有一条彩色的围巾，挂在前面的树枝上。小松鼠轻轻地把围巾从树枝上取了下来。闻一闻，一股香味扑鼻而来，还是一条香喷喷的彩色围巾呢。小松鼠想，一定是下雨前刮大风，把围巾刮到树枝上的，是谁丢的围巾呢？会不会是粗心的小鸭子呢？

　　小松鼠拿着围巾，去问正在河边洗衣服的小鸭子："小鸭子，是你丢的花围巾吗？"小鸭子看了看花围巾说："不是，你去问问小青蛙吧。"

　　小松鼠去问正在河边捉虫子的小青蛙："小青蛙，是你丢的花围巾吗？"小青蛙望望花围巾说："不是。你去问问小螃蟹吧。"

　　小松鼠去问正在河边玩耍的小螃蟹："小螃蟹，是你丢的花围巾吗？"小螃蟹光顾低着头玩，头也不抬就说："没有。"

　　是谁丢的呢？正在这时，一辆大卡车停在了河边的大路上。开车的河马叔叔从车窗里探出头说："这条彩色的围巾，是希望小学的孩子们亲手编织的，要送给灾区的小朋友，下雨前刮大风，把围巾从车上刮跑了，谢谢你呀，小松鼠。"

　　哇，小松鼠想：原来是这样啊，怪不得围巾像彩虹一样美丽。

星星伴我回家

花狗姐姐领着许多小动物在一个山坡上玩儿。花狗姐姐对小动物们说："现在我就是女王，你们都要听我的话，个个都要编一个花环送给我。"

听了花狗姐姐的话，小动物们都忙着采花编花环，只有小花鹿站在一棵小柳树前摘柳絮儿玩。

不一会儿，小动物们都把编好的花环送给了花狗姐姐，只有小花鹿没编好花环，她没有花环可送。

花狗姐姐很不高兴，她向小动物们宣布："从现在开始，谁也不准和小花鹿一起玩儿，谁要是和她一起玩儿，我就对谁不客气。"

小动物们不敢得罪花狗姐姐，都不敢和小花鹿一起玩儿。

小白兔说："小花鹿不听花狗姐姐的话，是个不听话的孩子，我不跟她一起玩儿。"

小胖猪说："小花鹿不喜欢编花环，不是个好孩子，我也不跟她玩儿。"

小鸭子说："小花鹿为什么不编花环，去玩儿柳絮，柳絮有什么好玩儿的呢？"

小花鹿孤独地站在那棵柳树下，远远地看着花狗姐姐领着小动物们又唱又跳地玩儿。

一只小鸟儿飞来了，它的嘴里衔着一封洁白的信笺。小花鹿打开信笺，看见上面写着一行整整齐齐的字："小花鹿，请你到我家里来玩儿。你的朋友：小猴子。"

小花鹿多么高兴呀，终于有一个可以在一起玩儿的朋友了。

小花鹿来到小猴子的家，他们一起玩儿捉迷藏，一起玩儿跳方块，还一起缝沙包。他们一起玩儿到很晚很晚。

太阳落山了，小星星们争先恐后地闪耀在天空中。天黑了，小花鹿要回家去了，小猴子要送送她。

小花鹿说："不用送，星星伴我回家。瞧，天空中那颗最明亮的星星就是你呀。"

美丽的白云山

小白兔拿着一根小竹竿，在地上画呀画呀，画出了一座美丽的山。

小花狗跑过来，"嚓嚓嚓"几下，就把小白兔画的山擦得无影无踪。小白兔揉了揉红红的眼睛说："我画的山是白云山，我妈妈说，我有个明明哥哥，住在美丽的白云山上，可厉害了，你要欺负我，他会找你算账的。"小花狗做了个鬼脸，一溜烟跑掉了。

小白兔拿着小竹竿，继续在地上画呀画，又画出了一座美丽的山。小狐狸走过来，往小白兔画的山上撒了一大把土。小白兔画出来的山被沙土遮盖住了。小白兔揉了揉红红的眼睛说："我画的山是白云山，我妈妈说，我有个明明哥哥，住在美丽的白云山上，可厉害了，你要欺负我，他会找你算账的。"小狐狸也做了一个鬼脸，一溜烟跑掉了。

小白兔拿着小竹竿，一边哭，一边抚摸着面前的沙土。她要再画一座美丽的山。

小刺猬走过来，他替小白兔擦干了脸上的泪水，说："白兔妹妹，别哭了，我来和你一起画。"小刺猬把小白兔面前的沙土抚平，然后在上面画了一座美丽的山，还在山脚下画了一条美丽的河。

啊，小白兔想，美丽的白云山上，是不是还住着一位很厉害很懂事的刺猬哥哥呢？

🌂 鼻涕弟弟

　　鼻涕弟弟是一只长着白毛的小胖猪。他的鼻涕很多很多，很多很多的鼻涕常常会惹来很多很多的麻烦。比如，有时候，鼻涕会把绿油油的树叶弄得脏兮兮的，也会把崭新的图画书弄得肮脏不堪，还会把院子变成鼻涕小河。最让鼻涕弟弟难忘的是：有一年他的鼻涕竟然把父母新盖的房子冲坏了。后来，父母又用了整整三个月的时间才把房子修好。

　　大家都叫小胖猪鼻涕弟弟。小胖猪的鼻涕让父母头痛，也让小胖猪感到十分难过。小白兔、小鸭子、小花狗都不和他玩儿。可是，鼻涕弟弟是一只非常善良的小胖猪呀，没有一个朋友和他玩儿，鼻涕弟弟很孤独。

　　春天来了，小鸟啾啾地唱起歌儿，田野里长出青青的小草，花牛伯伯拉着犁去耕地，鼻涕弟弟热情地去帮花牛伯伯播种。

　　嘟——嘟——当鼻涕弟弟帮花牛伯伯播好种后，鼻涕弟弟发现自己的鼻涕少了许多。

　　夏天来了，知了们都藏在树叶下乘凉。鼻涕弟弟汗流浃背地帮助兔妈妈在萝卜地里锄草。

　　嘟——嘟——当鼻涕弟弟帮助兔妈妈锄完草后，鼻涕弟弟发现自己的鼻涕又少了许多。

　　秋天来了，田野一片金黄，秋风吹在身上凉凉的。小白兔、小鸭子、小花狗全都在太阳下玩儿，只有鼻涕弟弟去帮马大娘收割庄稼，汗珠儿掉到地上变成了美丽的气球飞到城市里去了。

嘟——嘟——马大娘家的庄稼收割完了，鼻涕弟弟的鼻涕更少了。

冬天来了，北风裹着雪花到处乱跑，天气真冷，鼻涕弟弟把自己的一件棉大衣送给猴子大叔抵御风寒。

嘟——嘟——又一个春天到来的时候，鼻涕弟弟再也不流鼻涕啦，它变成了一只干干净净的小胖猪。

大树公公的故事

很久很久以前，在一片大森林里，生长着一棵枝繁叶茂的大树。大森林里的小动物们，都喜欢在大树下做游戏，大家亲切地喊他"大树公公"。

那时候，小动物们都没有耳朵，听不到风声雨声，听不到欢歌笑语，也听不到彼此的呼唤。

看着小动物们天真无邪的笑脸，大树公公十分着急，他想啊想，想了九天九夜，忽然想到了自己满身的树叶儿，要是把它们送给小动物们当耳朵，不是一件很好的事情吗？

风阿姨看出了大树公公的心事，她对大树公公说："不能这样做，把身上的树叶儿都摘掉，你会有生命危险的。

雨婆婆知道了大树公公的想法，她对大树公公说："树叶儿是你生命中重要的组成部分，你要用叶绿素进行光合作用，制造养料。失去树叶儿，就等于失去了自己的生命。"

大树公公笑眯眯地说："你们不要劝我，只要小动物们能拥有两只可以听到各种美妙声音的耳朵，我愿意付出自己的一切。"

就这样，大树公公摘下了他身上的一片片树叶儿，送给每一个小动物。

大象得到了两片大大的树叶儿，他有了两只大大的耳朵。小老鼠得到了两片小小的树叶儿，他有了两只小小的耳朵。小白兔、小松鼠、小胖猪、小花狗，所有的小动物，都有了两只可以听到各种声音的小耳朵。

　　就在大树公公摘下他身上的最后一片树叶儿，就要失去绿色生命的时候，小动物们都哭了。小动物们的眼泪浸湿了大树公公身上所有的枝条。枝条们纷纷落在地上，生根发芽，变成了一棵棵绿油油的小树苗。

　　大树公公微笑着，慢慢溶入了他脚下的土地。

　　后来呀，那些小树苗长成了一棵棵枝繁叶茂的大树，一棵棵大树又组成一片大大的森林。

大花狗探长

大花狗骑着摩托车到早市上转了一圈儿，回来的时候家门就让小偷给撬开了。大花狗清理了一下屋子，发现放在家里的手机不见了。是谁干的呢？大花狗思来想去，脑袋里还是一塌糊涂。

大花狗可是出了名的热心肠，左邻右舍谁家有困难它都要尽全力帮忙。它去问住在左边的小猪："胖胖，刚才，你有没有看见谁进过我的院子？"

小猪眨巴眨巴小眼睛，打着哈欠说："刚才我还在做梦呢，只听到你骑摩托车出去的声音，怎么会看见别人呢？"

大花狗又去问住在右边的小兔："朵朵，你蹦来蹦去的，有没有看见谁走进过我家的院子？"

小兔摸摸她的长耳朵，摇了摇头说："没有。我是在草地上跳绳的，那儿离家还很远。"

大花狗又去问对门住的小鸭："雪雪，你一出门就会看到我家的大门，你有没有发现什么形迹可疑的人到我家去过？"

小鸭摇摇头说："没有。刚才我在给孩子熬玉米粥呢。"

大花狗又去问住在它后面的小猴子，小猴子说："我也没看到。"

大花狗正要往回走，看到狐狸远远地走过来。

狐狸看到大花狗关心地问："听说你家失盗了？"

"是的。"大花狗说，"我正在找那个可恶的家伙。"

狐狸的小眼睛飞快地转动着，它对大花狗说："你上街走了多长时间呀？想想看，在这么多的时间里，有谁最可能有时间到你家里来偷东西呢？"

大花狗想了想说："只有住在我周围的才有这个时间。"

狐狸说："是呀？那你就去问问呀。"

"我问了，可是它们都说没有看到。"

"不会是真的吧，它们是在撒谎。"狐狸说这话的时候吸了一下鼻涕。

大花狗看到狐狸的鼻子上有一抹明显的淡蓝色涂料，好像是刷墙的涂料。

"你……"大花狗想问，你鼻子上怎么会有淡蓝色的涂料，可是没等大花狗问，狐狸又说："听说你丢了一部手机，还有一包香烟，你说这个小偷怎么会这样不懂事呢？"

"啊，还有一包香烟？你怎么知道的？"大花狗说，"我还没注意到呢。"

狐狸听了，匆匆告别。

大花狗回到家，仔细检查了一下，发现放在抽屉里的一包茉莉花牌香烟不见了。

难道是狐狸偷走的？大花狗摇摇头想，狐狸离我家那么远，来回得好长时间，除非它骑上摩托车。

对呀，要是狐狸骑上摩托车到我家，比我上街快多了，小猪不是听到摩托车的声音了吗？是我的，也可能是狐狸的呀！大花狗突然醒悟。自己家的墙刚刚粉刷过，用的就是淡蓝色的涂料，而狐狸的鼻子上正好有一抹明显的淡蓝色涂料。

可是，狐狸怎么知道自己早上要出门呢？

大花狗突然想起，狐狸昨天晚上来自己家里借耙子，说是要清除院里的杂草。还问大花狗什么时候上街给它也捎一个回来。当时，大花狗就说，我明天去早市买排骨，顺便给你买一个。它给狐狸从早市上捎回来的耙子还在摩托车上绑着呢，还没来得及给狐狸送呢？可是狐狸刚才为什么不问问给它买的耙子呢？

　　大花狗思前想后发现狐狸是最可疑的，于是它去向猴警官报案，并说出自己看到的和想到的一切。猴警官听了，说："有道理，我们快点儿去狐狸家，小心它跑了。"

　　它们赶到的时候，狐狸正在抽烟呢。大花狗一看，狐狸抽的正是自己丢失的哪包茉莉花牌香烟。

　　狐狸看到大花狗带着猴警官来了，就乖乖地把大花狗的手机拿了出来。

　　从此，大家都叫大花狗"大花狗探长"。

风娃娃扫屋顶

呼——呼——呼——，风娃娃在打扫屋顶。它把屋顶上所有的尘土、树叶和草茎都扫下来。呵，风娃娃把所有的屋顶都打扫得干干净净。屋顶干净了，可是，那些尘土、树叶和草茎又都落在了比屋顶低的车棚顶上、橱窗上、汽车上。

呼——呼——呼——，风娃娃又去打扫落满尘土、树叶和草茎的车棚顶、橱窗和汽车。车棚顶上、橱窗上，汽车上的尘土、树叶和草茎都被打扫得干干净净。可是，尘土、树叶和草茎，又都落在了比车棚顶、橱窗和汽车低的大街小巷。

呼——呼——呼——，风娃娃又去打扫大街小巷里的尘土、树叶和草茎。可是，那些不听话的尘土、树叶和草茎，好像在和风娃娃捉迷藏似的。风娃娃扫得快，它们跑得快；风娃娃扫得慢，它们跑得慢。它们和风娃娃一起从这条街跑到那条街，从东边的小巷跑到西边的小巷，不知疲倦地穿越所有的大街小巷。

呼——呼——呼——，风娃娃气坏了。

来了一队小朋友，他们拿着扫帚和铁锹，和风娃娃一起，把那些调皮的尘土、树叶和草茎统统装进了垃圾箱。

呼——呼——呼——，风娃娃高兴地笑起来。

现在，屋顶干干净净，车棚顶、橱窗、汽车干干净净，大街小巷也干干净净。

风妈妈和她的长耳朵

风妈妈长着一个长长的耳朵。呼呼呼，风妈妈带着她的长耳朵飞来飞去。

风妈妈的长耳朵听到一个农民伯伯在稻田里说：这稻田旱了啊。风妈妈就带着云朵去为稻田浇水。

风妈妈的长耳朵听说电厂要发电，风妈妈就去电厂发电。

风妈妈的长耳朵听说帆船要加速行驶，风妈妈就去帮助帆船加速行驶。

风妈妈的长耳朵听说小朋友要去放飞风筝，风妈妈就忙着去帮小朋友们把风筝送升到天上。

风妈妈的长耳朵听说白杨和高粱要撒播花粉，风妈妈就忙着去帮白杨和高粱撒播花粉。

风妈妈的长耳朵听说蒲公英和苍耳需要把它们的种子播向远方，风妈妈就把蒲公英和苍耳的种子送到远方。

风妈妈的长耳朵听说植物生长发育的过程中，需要改善生长发育环境，风妈妈就去为植物的生长发育创造舒适的环境。风妈妈从密集的植物中，赶走了距地面层最近的冷空气，驱散掉湿热的暖空气，不让植物"着凉"受冻，也不让植物"闷热"难受。风妈妈还不断地轻轻地摇动着植物们的枝叶，让植物的每片枝叶都能有机会充分享受阳光的"抚爱"，制造出更多的糖分来滋补身体，增强体质，使植物更加茁壮成长。

呼呼呼，风妈妈带着她的长耳朵飞来飞去，我们呼吸的空气变得分外清新。

大尾巴松鼠和小尾巴兔

大尾巴松鼠和小尾巴兔住在同一幢大楼里。大尾巴松鼠住在楼上，小尾巴兔住在楼下。

每天每天，大尾巴松鼠在楼上望着小尾巴兔，一蹦一跳地从大楼里出出进进，就会想，小尾巴兔真神气呀！大尾巴松鼠悄悄地想：要是我的尾巴，能变得又短又小，那该有多好啊。想到这里的时候，大尾巴松鼠就会使劲地拽拽自己的尾巴，小声地唱起来："大尾巴，大尾巴，快快变成小尾巴，送你一朵喇叭花。"

每天每天，小尾巴兔在楼下望着大尾巴松鼠，一蹦一跳地从大楼里出出进进，就会想，大尾巴松鼠真神气呀！小尾巴兔悄悄地想：要是我的尾巴能变得又大又长那该有多好啊。想到这里的时候，小尾巴兔也会使劲地拽拽自己的尾巴，并且小声地唱起来："小尾巴，小尾巴，快长大，快长大，送你山桃花，送你迎春花。"

忽然有一天，大尾巴松鼠的尾巴变得又小又短，小尾巴兔的尾巴变得又大又长。

大尾巴松鼠高兴得忘记了自己是谁。小尾巴兔也乐得心花怒放。

一天夜里，大尾巴松鼠生病了，他在睡梦中被冻醒，我的尾巴被子哪儿去了呢？大尾巴松鼠开始思念起自己的大尾巴了。

小尾巴兔也在一次外出的时候，由于大尾巴的拖累，差点儿让凶猛的狮子吃掉。小尾巴兔也开始想念自己的小尾巴。

后来大尾巴松鼠和小尾巴兔的尾巴都回到了各自的身上。大尾巴松鼠想，我的尾巴是最好的尾巴；小尾巴兔想，我的尾巴是最棒的尾巴。

懒妈妈

猪妈妈洗出一双花袜袜，晾在瓜棚旁边的树杈上。这一天，猪妈妈忙着收拾瓜田里用的铁锹呀、锄头呀、耙子呀等工具，忘记了晾在树杈上的花袜袜。第二天，猪妈妈忙着在瓜田里种瓜，又忘记了晾在树杈上的花袜袜。第三天，猪妈妈忙着在瓜田里浇瓜，还是忘记了晾在树杈上的花袜袜。第四天，猪妈妈忙着在瓜田里锄草，也没记起晾在树杈上的花袜袜……第七天，猪妈妈想起了晾在树杈上的花袜袜。猪妈妈从树杈上取下花袜袜。猪妈妈看到花袜袜里住着一个胖胖的蜘蛛妈妈，还有几个像黄土粒一样大的，蜘蛛妈妈的小不点儿娃娃。猪妈妈心里说：蜘蛛妈妈把我的花袜袜当做了自己的家。

猪妈妈又把花袜袜挂在了树杈上。猪妈妈想，就让这双花袜袜做蜘蛛妈妈和她孩子们温暖的家吧。

几天过去了，猪妈妈看见，瓜棚旁边的树杈上增加了许多的小蜘蛛网。小蜘蛛们在蜘蛛网上快乐地散步、玩耍、捉蚊子。

猪妈妈想，蜘蛛妈妈看到它的孩子们一个个都长大了，一定会非常高兴。我这个懒妈妈，一不小心，也做了一件大大的好事啊。

一天天过去了，瓜棚里的蚊子渐渐地少了。猪妈妈身上被蚊子叮的小红包包不见了，雕花般的西瓜叶子上的蚜虫也好像少多了。猪妈妈不用再往西瓜田里喷洒消灭蚜虫的药水了。猪妈妈知道，这些都是已经长大的小蜘蛛们的功劳。

🌂 花蝴蝶

　　花蝴蝶穿着很时髦的套装，在五彩缤纷的花丛中飞来飞去。所有的小飞虫都向她投去羡慕的目光。

　　小蜻蜓飞到她的身边说："蝴蝶姐姐，我想跟你一起玩。"花蝴蝶展开她美丽的翅膀，看也不看小蜻蜓一眼就飞走了。

　　飞呀飞，花蝴蝶飞到一株小草上。小蜜蜂正在这棵小草的附近采花粉。看到花蝴蝶，小蜜蜂说："蝴蝶姐姐，我们一起去给向日葵传花粉好吗?"

　　花蝴蝶摇摇头说："要去你自己去，又苦又累的活儿，我才不去干呢。"说完花蝴蝶又展开美丽的翅膀落到另一株小草上。

　　"轰隆隆"一阵雷声滚过，大颗大颗的雨点儿哗啦哗啦地从天上掉下来。

　　小飞虫们都打开随身带的小包，取出里面的小雨伞，把自己藏在伞下。糟糕，花蝴蝶摸摸自己随身带的小包，里面没有雨伞，因为急着出门，自己竟忘记了带雨伞。花蝴蝶急得东躲西藏。

　　小蜻蜓说："蝴蝶姐姐，快到我的伞下来避一避。"

　　小蜜蜂说："蝴蝶姐姐，与我合用一把小雨伞吧，小心雨水打湿翅膀。"

　　花蝴蝶飞到小蜻蜓和小蜜蜂中间，两把美丽的小雨伞，轻轻环绕着她，为她遮挡着风雨，使花蝴蝶感到无比的温暖。花蝴蝶激动地说："小蜻蜓，谢谢你! 小蜜蜂，谢谢你! 你们是我最亲爱的朋友。"

阳光般的问候

老黄牛和老黑牛住在同一个村子里。每天早晨，老黄牛和老黑牛都会分别从自己的家里走出来，然后一起去运动场晨练。傍晚，老黄牛和老黑牛又一起外出散步。

一天，老黄牛生病了，躺在床上不吃不喝，既不出来晨练，也不出来散步。

第一天没有见到老黄牛，老黑牛感到十分不自在，总觉得生活中缺少点儿什么；第二天没有见到老黄牛，老黑牛感到惴惴不安，好像丢失了什么似的；第三天没有见到老黄牛，老黑牛焦急万分，做什么也心不在焉。

老黄牛哪儿去了呢？老黑牛不顾一切地跑到老黄牛的家里。

"你好，黄牛老哥，怎么三天不见你的身影？"老黑牛问。

"我有点儿不舒服。"老黄牛懒懒地说。

"你病了，黄牛老哥，让我来照顾你吧。"老黑牛说。

就这样，在老黄牛生病的日子里，老黑牛天天去看望他，为他熬药，为他烧水做饭。

老黄牛感激地说："谢谢你，黑牛老弟，我的病会很快好起来的。"

在老黑牛的细心照料下，老黄牛的病渐渐地好起来了。

这天早晨，老黄牛和老黑牛又一起去运动场晨练。

老黄牛对老黑牛说："你知道我的病为什么好得这么快吗？"

"不知道。"老黑牛说。

"因为有你阳光般的问候。"老黄牛说。

"是吗？"老黑牛吃惊地问。

"是的。"老黄牛肯定地说："你瞧，这温暖的阳光多美好，照在身上多舒服呀。"

每天每天的早晨，老黄牛和老黑牛总是在一起，在晨曦中锻炼；每天每天的傍晚，老黄牛和老黑牛总是在一起，在晚霞中散步。

🌂 小布头

　　猪妈妈从集市上买回一块花布，她用花布为小猪做了一身花衣服。小猪穿着花衣服在屋子里又蹦又跳。猪妈妈随手扔掉了剩下的一块小布头。

　　小蚂蚁乐乐捡到了猪妈妈丢掉的小布头。小蚂蚁乐乐拿着小布头左瞧右看，然后悄悄地对小布头说："小布头，小布头，你是我的好朋友；变一变，变一变，带着温馨与幸福。"

　　哇，小布头变成了一只小船。小蚂蚁乐乐和爸爸妈妈，坐着小船去小鱼家做客。

　　小布头变成了一块飞毯。小蚂蚁乐乐和爸爸妈妈，坐着飞毯去小鸟家做客。

　　小布头变成一个大舞台。小蚂蚁乐乐在舞台上又是唱歌，又是跳舞。爸爸妈妈是最优秀的观众。

　　小布头变成了一顶帐篷。小蚂蚁乐乐和爸爸妈妈，一起在帐篷里躲风避雨。

　　"哇——哇——"忽然有一天，小蚂蚁乐乐听到小猪在伤心地哭泣。

　　小猪的花衣服挂破了。猪妈妈找不到一块与花衣服一样的布头来补。

小蚂蚁乐乐把那块小小的花布头，送还给猪妈妈。猪妈妈用那块她扔掉的小布头，为小猪补好了花衣服。

小猪穿着补好的花衣服，在屋子里蹦蹦跳跳，神气得像一位小公主。

流淌到豆角地的歌声

大大鼠在田地里锄豆角，锄着锄着就累了，他把锄头扔在田地里，自己躺到树荫下去乘凉。就在大大鼠迷迷糊糊的时候，一阵风儿送来欢乐的歌声。大大鼠扇动着耳朵，心里想：这美妙动听的歌声，是从哪里流淌过来的呢？

他从树荫下站起来，踩着歌声的节拍去锄地，不一会儿就锄好了一大块豆角地。

"嗯，这歌声比小小鼠的歌声好听多了。"大大鼠扛着锄头在豆角地里来回走呀走，一边走一边自言自语，"小小鼠唱的歌儿是世界上最难听的声音。"大大鼠低下头，问他锄好的豆角苗们："是吧，小豆角们？你们说对吧。"因为大大鼠刚刚为小豆角们松好土，所以小豆角们看起来特别精神。它们一个个神采奕奕地站在田地里，并没有回答大大鼠的问话。看到小豆角们沉默不语，大大鼠又说："你们等着，我去找找看。"说着，他就去找流淌的歌声。

大大鼠迎风向前走，走到了小小鼠家门口。大大鼠恍然大悟：歌声原来是从小小鼠家里流淌出来的。

大大鼠站在门外向里边望，看到小小鼠站在客厅的中央，拿着话筒正在声情并茂地演唱。

大大鼠说："我还以为是谁在播放音乐呢，原来是小小鼠在唱歌儿呢。"

想起自己曾经说过，小小鼠唱的歌儿是世界上最难听的声音，大大鼠的脸红得像鸡冠花。

"谁呀？"小小鼠走出来，看到大大鼠，热情地把大大鼠拉进屋子里。

小小鼠把话筒递给大大鼠，请大大鼠演唱。大大鼠放开喉咙大声地唱起来。他想：我的歌声是不是也流向远方了呢？我地里的豆角苗们会听到我充满歉意的歌声吗？

火红的玉米和金黄的高粱

春天来了，鼠妈妈和鼠爸爸商量着去种地。

鼠妈妈对鼠爸爸说："你去山上种高粱，我到山下种玉米。"鼠爸爸点点头说："好。"

糊里糊涂，鼠妈妈提着高粱籽儿到山下种"玉米"。马马虎虎，鼠爸爸扛着玉米粒儿去山上种"高粱"。

鼠妈妈种的"玉米"长出来了。

鼠爸爸种的"高粱"长出来了。

鼠妈妈在自己种的"玉米"地里热火朝天地锄草、施肥、抓虫、浇水。

鼠爸爸在自己种的"高粱"地里汗流浃背地锄草、施肥、抓虫、浇水。

鼠妈妈种的"玉米"苗儿渐渐长高了。

鼠爸爸种的"高粱"苗儿也渐渐长高了。

鼠妈妈种的"玉米"越长越茂盛。

鼠爸爸种的"高粱"也越长越茂盛。

"玉米"长出了穗子，"高粱"也长出了穗子。鼠妈妈发现自己种的"玉米"越长越像高粱；鼠爸爸也发现自己种的"高粱"越长越像玉米。

秋天终于来到了。鼠妈妈的"玉米"地里一片火红。鼠爸爸的

"高粱"地里一片金黄。

鼠妈妈说："太神奇了，我竟然种出了火红的'玉米'，你竟然种出了金黄的'高粱'。"

鼠爸爸说："太伟大了，我竟然种出了金黄的'高粱'，你竟然种出了火红的'玉米'。"

鼠爸爸和鼠妈妈望着丰收在望的田野，高兴地唱起了欢乐的歌儿，跳起了快乐的舞蹈。

香香鼠和臭臭鼠

第五辑
花枝上的童话

花枝上的童话

春天来了，小草发芽了，小树发芽了。摇曳的花枝上，结满了粉红色的花苞苞。晶莹的露珠滋润着花苞苞，绿色的叶片衬托着花苞苞，温暖的阳光拥抱着花苞苞，花苞苞绽放着美丽的笑容。

一只毛毛虫悄悄地爬到花枝上，顺着花枝快速地蠕动着它丑陋的身体，很快来到一朵花苞苞的身边。毛毛虫看到那朵稚嫩的花苞苞，垂涎三尺，恨不得一口就把花苞苞吃到肚子里。

毛毛虫的一举一动，被正在采蜜的小蜜蜂、正在传播花粉的花蝴蝶和正在消灭蚜虫的七星瓢虫，看了个清清楚楚。它们聚在一起商量，一定要想办法保护花苞苞，消灭毛毛虫。它们商量好了一个对付毛毛虫的办法，然后一起来到毛毛虫的面前，蜜蜂唱歌，蝴蝶伴舞，果然吸引了毛毛虫贪婪的眼睛。这时候，七星瓢虫张开它半圆形的、镶着红色斑纹的翅膀，悄悄地飞到毛毛虫的身后，对着毛毛虫胖胖的身体狠狠地咬了一口。

"啊。"只听毛毛虫一声尖叫，从花枝上摔落下来。

消灭了毛毛虫，三个好朋友又唱又跳，美丽的花苞苞，在阳光下更加美丽。

最小·最小的小·小·鼠

最小最小的小小鼠，是鼠妈妈最小的孩子。那一年的秋天，鼠妈妈一口气生下了六个孩子，后来，孩子们一个个长大，一个个从鼠妈妈的身边离开，最后只剩下最小最小的小小鼠。

最小最小的小小鼠成了鼠妈妈的心肝宝贝。

每天每天，鼠妈妈为小小鼠穿衣服，铺床叠被子，喂小小鼠吃饭，为小小鼠洗脸、梳头发。小小鼠什么也不干也不会干，鼠妈妈也不让小小鼠干。

小小鼠不知道喝牛奶要热，不知道牛奶是从奶牛妈妈身上挤出来的，不知道面包是用烤箱烤出来的，不知道做面包需要面粉和糖，当然也不知道面粉是麦子磨出来的，麦子是农民伯伯在地里种出来的，不知道糖是甘蔗加工出来的，甘蔗是农民们辛辛苦苦种出来的。

小小鼠想要自己喝牛奶，鼠妈妈说："小心牛奶烫着你的小手儿，还是妈妈来喂。"

小小鼠要自己到餐桌上取面包片，鼠妈妈说："妈妈帮你取。"

小小鼠要自己洗脸，鼠妈妈说："妈妈给你洗。"

鼠妈妈给小小鼠围围巾系鞋带擦鼻涕。

小小鼠家里有一盆很好看的兰花，小小鼠想给花儿浇浇水，鼠妈妈轻轻夺回小小鼠手上的喷壶说："妈妈浇，小心花叶划着你的胳膊，小心花瓣刺伤你的小手。"

最最好笑的是，小小鼠生病了，鼠妈妈竟然对眼镜鼠医生说："我要替孩子生病。"

眼镜鼠医生听了大吃一惊，一边摇头一边说："办不到，办不到。" .

鼠妈妈哭红了双眼，无论如何也要替最小最小的小小鼠生病。

眼镜鼠医生竭尽全力治好了小小鼠的病。

小小鼠的病治好了，可鼠妈妈累病了。

鼠妈妈并不认为自己是累病了，它的眼睛里闪着激动的泪花，紧紧握着眼镜鼠医生的手久久不愿松开。为什么呀，鼠妈妈是在感谢眼镜鼠医生，它说："谢谢你，眼镜鼠医生，谢谢你可以让我替我的孩子生病。"

鼠妈妈的话让眼镜鼠医生哭笑不得。

呵呵，最小最小的小小鼠一直是最小最小的小小鼠，到现在也没有长大呢。

在希望的田野上

秋天的田野一片金黄，秋天的阳光分外灿烂。

小老鼠甜甜扛着一棵红高粱走在秋天的田野上。走着走着，小老鼠唱起了歌儿：我们的家乡在希望的田野上，炊烟在新建的住房上漂荡，小河在美丽的村庄旁流淌……

听到歌声，一只小野兔从田野里窜了出来，它跟在小老鼠甜甜的身后，踏着欢乐的旋律，乘着歌声的翅膀，在田野里尽情歌唱。

听到歌声，一只小野猪从田野里窜了出来，它跟在小野兔的身后，踏着欢乐的旋律，乘着歌声的翅膀，在田野里尽情歌唱。

听到歌声，一只小松鼠从田野里窜了出来，它跟在小野猪的身后，踏着欢乐的旋律，乘着歌声的翅膀，在田野里尽情歌唱。

听到歌声，一只小野猫从田野里窜了出来，它跟在小松鼠的身后，踏着欢乐的旋律，乘着歌声的翅膀，在田野里尽情歌唱。

"我们的家乡在希望的田野上，炊烟在新建的住房上飘荡，小河在美丽的村庄旁流淌……"不一会儿，一支生龙活虎的队伍唱着歌，行进在希望的田野上。

小老鼠甜甜唱着歌走在队伍的最前面，小野猫唱着歌走在队伍的最后面，大家一起唱着歌雄赳赳气昂昂，走在秋天金黄的田野上，走在温暖和煦的阳光中。

雪花上的笑容

　　春天到来的时候，小蜜蜂张着一双有力的翅膀飞到了一丛玫瑰树上。玫瑰树枝上枣核形状的叶片密密麻麻，有风吹过的时候，玫瑰树枝轻轻摇曳，如串串绿色的风铃。转眼间，叶片与树枝间的缝隙里长出了一个又一个小小的花苞苞。这些花苞苞飞快地长着，像小笋苗那样拱呀拱，像要马上拱出来似的。可是，有一个小叶片上的一个小花苞却悄悄地藏在薄薄的树皮门里，怎么也不肯拱出来，它有点儿害怕外面的世界。小蜜蜂轻轻地敲打着薄薄的树皮门说："出来吧。"小花苞说："我不出去，我怕外面的风雨，还怕外面的毛毛虫。"小蜜蜂说："看看外面的风雨，看看外面的毛毛虫，你就会长大的。"小花苞说："我不要看外面的风雨，不要看外面的毛毛虫，我也不要长大的。"

　　小蜜蜂带来暖暖的春风，带来春天亲切的问候。这样，藏在玫瑰树妈妈怀抱里的小花苞就长大了一点点。可是，它还是不肯出来。小蜜蜂带来晶莹的露珠，带来甜甜的春雨。这样，藏在玫瑰树妈妈怀抱里的小花苞，就长大一点点又一点点。哦，它在薄薄的树皮门里笑出了声。小蜜蜂带来暖暖的阳光，带来甜甜的歌声。这样，藏在玫瑰树妈妈怀抱里的小花苞，就像其他的花苞苞一样拱呀拱，拱出来了。小花苞长大时，变成了一朵最漂亮的玫瑰花。许多小蜜蜂飞来，祝贺长大的小花苞。小花苞的脸上荡漾着幸福的笑容。

玫瑰花飘舞的时节，这朵玫瑰花上的一片最小的花瓣落在了树下，成为一片干了的小花瓣，小蜜蜂飞来的时候，落在树下的小花瓣就能听到小蜜蜂动听的歌声。

冬天来了，小花瓣捡到一片小棉絮，是蒲公英的小花絮。那朵落在树下的小花瓣要在这个最寒冷的季节，把这片暖暖的小棉絮送给小蜜蜂。有好些日子没有见到小蜜蜂了，小花瓣决定去找小蜜蜂。

它飘到田野，飘到湖畔，都没有看到小蜜蜂的身影。雪花飞舞的日子里，小花瓣飘到一个山坡上。在一片草丛中，在雪花还没有覆盖到的草茎上，小花瓣看到了它熟悉的小蜜蜂。小蜜蜂静静地躺在已经冻干了的草茎上，它的身旁好像还有一封印着雪花图案的银色信笺。小花瓣想，这里面装的也一定是小蜜蜂想要送给我的最好礼物吧。

雪地上的小花瓣飘落在小蜜蜂的身边，红色的小花瓣像刚拱出来的小花苞的笑容，盛开在雪地上。飞舞的雪花笼罩着大地，它们看到了小花瓣在雪花上的笑容。那笑容是世界上最美丽的笑容。

🌂 小蜗牛学写字

缓缓的小蜗牛在地上写着字。缓缓的小蜗牛在树叶上写着字。缓缓的小蜗牛在石头上写着字。缓缓的小蜗牛在小路上写着字。缓缓的小蜗牛在墙壁上写着字。

小蜥蜴看到小蜗牛在地上学写字就说："呵呵,小蜗牛你也要学写字?"小蜗牛没有回答小蜥蜴的话,还是不紧不慢地写着。

小瓢虫看到小蜗牛在树叶上学写字就说："呵呵,小蜗牛你也要学写字?"小蜗牛没有回答小瓢虫的话,还是不紧不慢地写着。

金龟子看到小蜗牛在石头上学写字就说："呵呵,小蜗牛你也要学写字?"小蜗牛没有回答金龟子的话,还是不紧不慢地写着。

小蛐蛐看到小蜗牛在小路上学写字就说："呵呵,小蜗牛你也要学写字?"小蜗牛没有回答小蛐蛐的话,还是不紧不慢地写着。

小壁虎看到小蜗牛在墙壁上学写字也说："呵呵,小蜗牛你也要学写字?"小蜗牛没有回答小壁虎的话,还是不紧不慢地写着。

小蜗牛写呀写呀,写了一天又一天;小蜗牛写呀写,从春天写到夏天,从夏天写到冬天。呵呵,小蜥蜴看到小蜗牛在地上写的字好像一幅画;小瓢虫看到小蜗牛在树叶上写的字就像一幅画;金龟子看到小蜗牛在石头上写的字真像一幅画;小蛐蛐看到小蜗牛在小路上写的字远看像一幅画;小壁虎看到小蜗牛在墙上写的字又像字又像画。

小蜥蜴说："小蜗牛写的字好像一幅画，真美呀。"

小瓢虫说："小蜗牛写的字就像一幅画，真好看啊。"

金龟子说："小蜗牛写的字真像一幅画，真神呀。"

小蛐蛐说："小蜗牛写的字远看像一幅画，真精彩啊。"

小壁虎说："小蜗牛在墙壁上写的字又像字又像画，真漂亮。"

听到朋友们的赞美，小蜗牛心里甜甜的，他想：无论做什么事，只要认认真真地做，就一定会做好的。

香喷喷的小小猪

小小猪不喜欢洗澡。妈妈让他洗澡，他总是说："我怕，我怕……"

"怕什么呀？"妈妈问。

"我怕别的小猪猪看到我光溜溜的身体，多难为情呀。"

"我们不去澡堂里洗，就在自己家里洗呀。"妈妈说。

"我怕，我怕……"小小猪说。

"怕什么呀？"妈妈问。

"我怕水太凉。"小小猪回答。

妈妈用热水器把水烧得热热的。

"我怕，我怕……"小小猪说。

"怕什么呀？"妈妈问。

"我怕水太烫。"小小猪回答。

小小猪找出许许多多的理由不洗澡，小小猪从来也没有洗过一次澡。

小小猪的身上积满污垢。

暖暖的阳光下，小小猪看到小猪猪们在玩滑滑梯，就爬到滑梯上。小猪猪们闻到一种难闻的气味，其中一个小猪猪说："别玩了，别玩了，滑梯变成了臭虫滑梯。"小猪猪们就像蜜蜂一样"哄"的一下散了。滑梯上只留下小小猪，真孤单。

和煦的清风中，小小猪看到小猪猪们在蹦蹦床上蹦，就蹦到蹦蹦床上。小猪猪们闻到一种难闻的气味，一个小猪猪说："别蹦了，别蹦了，蹦蹦床变成了臭虫蹦蹦床。"小猪猪们就像风吹树叶一样"哗"的一下全跑开了。蹦蹦床上只剩下小小猪，真孤独。

"哇哇哇……"小小猪哭了，"妈妈快来看呀，有小虫子在我身上爬。"

妈妈让小小猪把衣服脱了，里里外外找了一遍也没有找到一个小虫子。

"哇哇哇……"小小猪又哭了，"我的脖子好痒痒。"

哇，妈妈看到小小猪脖子上有好多的污垢。

妈妈为小小猪洗了脖子，还在小小猪的脖子上搽了润肤露。

"哇哇哇……"小小猪又哭了，"我的手，黑糊糊的，把图书弄脏，把衣服弄脏，把面包也弄脏了。"

妈妈给小小猪洗了手，搽了润肤露。

"哇哇哇……"小小猪又哭了，"我的脚指头不能动了，是不是冻在一起了？"

"不会吧？"妈妈有点吃惊："现在是夏天呀，脚指头怎么会冻在一起呢？"

妈妈看了看才明白，是许多许多的污垢把小小猪的两个脚指头粘在一起了。

妈妈给小小猪洗了脚，脚上搽了润肤露。

小小猪又去玩滑滑梯，小猪猪们就闻到一种香香的气味。一个小猪猪说："快来玩呀，滑梯变成了香草滑梯。"小猪猪们就爬到滑梯上，和小小猪一起玩儿，真快乐呀。

小小猪在蹦蹦床上蹦，小猪猪们就闻到一种香香的气味。一个小猪猪说："快来玩呀，蹦蹦床变成了香草蹦蹦床。"小猪猪们就会蹦到蹦蹦床上，和小小猪一起玩儿，真快乐呀。

小小猪不怕洗澡了，小小猪成了一只香喷喷的小小猪。

树枝上的笑容

苗圃里刚刚栽好的小松树毛茸茸的，像一个个刚出窝的绿色小刺猬。鼠爷爷在苗圃里为小树苗锄草。

锄呀锄呀，鼠爷爷浑身是汗；锄呀锄呀，鼠爷爷感到腰酸背疼；锄呀锄呀，鼠爷爷感觉到有点儿累了；感觉到累了的鼠爷爷就在树荫下休息。

一只小甲虫来到鼠爷爷的身边，爬到鼠爷爷的脚掌心里来回走动，小甲虫把鼠爷爷的脚掌心当做散步的操场。

"嘿嘿，嘿嘿，谁在按摩我的脚呀？"鼠爷爷笑着进入梦乡。

两只小蚂蚁来了，爬在鼠爷爷的胡子上荡起秋千来。鼠爷爷的下巴痒痒的，鼠爷爷又笑了："嘿嘿，嘿嘿，谁在梳理我的胡子？"鼠爷爷笑着打起呼噜。

一阵风儿吹来，吹干了鼠爷爷身上的汗水。

"嘿嘿，嘿嘿，谁替我擦去了身上的汗水？"鼠爷爷笑着从梦中醒来。

鼠爷爷一边笑一边继续为小树苗锄草，绿油油的树枝上挂满了鼠爷爷的笑容。

绿绿的树林和清清的小河

　　山坡上有一片小树林，小树林里住着鸡妈妈和它的孩子们；山坡下有一条小河，小河边住着鸭妈妈和它的孩子们。绿绿的树林，清清的小河，这是一个宁静温馨而又美丽的世界。

　　鸡妈妈和它的孩子们徜徉在幸福的树阴下，鸭妈妈和它的孩子们游弋在欢乐的河水中。

　　有一天，不知为什么鸡妈妈和鸭妈妈吵了起来，它们吵得面红耳赤，后来就谁也不理谁了。

　　一只叫毛毛的小鸡离开鸡妈妈来到小河边玩，小鸡毛毛看到小鸭们在河水中游来游去，非常羡慕，"扑通"，小鸡毛毛也跳下了水。

　　可是小鸡不会游泳，眼看着自己要沉到水中，毛毛害怕地大声叫起来："妈妈，妈妈，快来救我。"

　　鸡妈妈听到小鸡毛毛的哭喊声飞快地跑到小河边。

　　鸡妈妈大声地说："孩子别怕，妈妈来救你。"说着就要往小河里跳。

　　鸭妈妈这时也来到了小河边。她对鸡妈妈说："你不能下去，还是我来吧。"

　　鸭妈妈跑下水，把小鸡托出水面。湿漉漉的毛毛钻到了妈妈温暖的翅膀下。

鸡妈妈红着脸对鸭妈妈说："谢谢你。"

鸭妈妈说："不用谢，这是我应该做的。"

阳光下，小鸡和小鸭手挽手做游戏，它们戴着鸡妈妈为它们编织的树叶帽子，欢乐的笑声飞到了云朵上；它们穿着鸭妈妈缝的荷叶小花袄，像公主一样漂亮，像王子一样英俊。树林里小鸡教小鸭抓虫子，小河边小鸭教小鸡划小船。

风雨中，它们互相挤在一个大花伞下，相互温暖，相互关心。

有时候，鸡妈妈和她的孩子们徜徉在幸福的树阴下，有时候徜徉在欢乐的小河边；鸭妈妈和她的孩子们游弋在欢乐的河水中，有时也在幸福的树阴下散步。

绿绿的树林，清清的小河，宁静温馨而又美丽。

快乐的小鸭子

"呷呷呷，呷呷呷，我是快乐的小鸭！"小鸭子一睁眼就会唱歌，不管是阴天还是晴天，不管是刮风还是下雨的日子，小鸭子的歌声总是那样的甜美。

小鸭子唱着歌来到广场，向每一个做早操的人问好。"早上好，小鸭子，我们喜欢听你唱歌。"牛伯伯笑眯眯地说。

小鸭子唱着歌来到田野，向在田地里干活的人们问好："大家辛苦了。""小鸭子你好，你的歌声太美了。"猪妈妈说。

小鸭子唱着歌来到山坡上，但是小花鹿不喜欢小鸭子，她一听见小鸭子的声音，就会撇着嘴说："去去去，有什么好听的呀！"

"姐姐，你怎么啦?"小鸭子问。

"我心烦，别问了！"小花鹿说。

"我可以帮助你吗?"小鸭子嘻嘻地笑了笑。

小花鹿摇摇头。

小鸭子唱着歌儿，离开小山坡。

"小鸭子，你等等！"小花鹿在后面喊。

"姐姐，你有事吗?"小鸭子问。

"小鸭子，你的歌儿真好听！"小花鹿的眼泪吧嗒吧嗒掉下地。

"姐姐，你为什么哭?"小鸭子问。

小花鹿抬起头来看看小鸭子，红着眼圈说："你是好样的，也是最棒的。"

"谢谢姐姐夸奖。"小鸭子头歪歪地看着小花鹿。

"也谢谢你！刚才你走的时候我才看到你的腿一瘸一瘸的。"小花鹿眼圈红红的，还在抽噎。

"很小的时候摔坏的。"

"可是我却因为丢了一粒小芝麻而烦恼。"

"呷呷呷，呷呷呷，我是快乐的小鸭。"小鸭子又唱了起来。

小花鹿笑了，她跟着小鸭子走到大路上。她不知道小鸭子要去哪里，不过她知道小鸭子很快乐，她和小鸭子在一起也很快乐，她要像小鸭子那样学会唱歌。

顽皮的小·草帽

有一顶又顽皮又漂亮的小草帽，经常变来变去。

瞧，它变成一阵风儿，把松鼠姑娘晾在树枝上的纱巾刮下来，松鼠姑娘看到了就急忙去追。风刮着纱巾在前面飘，松鼠姑娘在后面追。追呀追呀，纱巾飘舞着飞过一道又一道山梁；追呀追呀，松鼠姑娘累得气喘吁吁。终于，松鼠姑娘跑不动了，就蹲在草地上休息起来。顽皮的小草帽看到松鼠姑娘蹲在草地上休息，又变成一只毛毛虫，爬到松鼠姑娘的脚丫上，松鼠姑娘吓得捂着眼睛大哭起来，它又是蹦又是跳。生怕那只毛毛虫把它的脚丫子咬掉。顽皮的小草帽开心地笑了。

纱巾丢了，松鼠姑娘疲惫地回到家。它想，我要做许多松果蛋糕，然后把蛋糕卖了，再用卖蛋糕的钱买一块新的纱巾。想好了，松鼠姑娘就开始做起了蛋糕。

松鼠姑娘做了好多好多的蛋糕。蛋糕做好了，松鼠姑娘又开始发起愁来，它不知道这么多蛋糕该怎么去卖，越想越愁，松鼠姑娘又开始掉眼泪了。

小草帽变成一个大大的红气球，来到松鼠姑娘房子的上空，把松鼠姑娘的房子衬托得光彩夺目。

小动物们的目光都被吸引到松鼠姑娘的房子上空。

"大家快来看呀，松鼠姑娘的房子上空，有一只红色的大气球。"

"多漂亮啊！"

"大气球真美丽呀。"

"我要去松鼠姑娘那儿看看大气球。"

"看，大气球变成了奶油蛋糕的形状了。"

"大气球变成月牙儿的形状了。"

"大气球变成芒果的形状了。"

小草帽变呀变，吸引了所有小动物们的目光。

小动物们拥到松鼠姑娘的房子里，购买各种各样的松果蛋糕。不一会儿，松鼠姑娘做的蛋糕全卖光了。

顽皮的小草帽把松鼠姑娘的纱巾晾在树枝上，然后，又变成一阵风儿跑了。

小·麻雀找房子

春天来了，树枝上长出了嫩芽芽，麦苗儿也从地里钻出了它们的小脑袋，小鸟们飞来飞去，开始忙着造房子。

小燕子忙着在屋檐下造房子，小喜鹊忙着在树杈上造房子，只有小麻雀飞来飞去，到处找房子。小燕子从河岸边一次又一次地衔泥，嘴角渗出了缕缕血丝。可是，小燕子并没有因此而停止衔泥，而是一如既往地衔啊衔……小燕子的房子在一层层地变高。

小喜鹊也像小燕子一样飞来飞去，从小树林里衔回一根根小木棍、小树枝。尽管累得腰酸背痛，可是，小喜鹊还是一次又一次地衔啊衔……小喜鹊的房子也在一层层地变高。

小燕子的房子造好了，小喜鹊的房子也造好了。小麻雀也终于在一个小山坡下，找到了一所不知谁住过的旧房子。

小麻雀得意洋洋，他对累得满身疲倦的小燕子和小喜鹊说："你们俩真笨，累死累活地造房子，为什么呀？看我不费吹灰之力，不也一样有房子住吗？"

小燕子说："自己造出来的房子结实。"

小喜鹊说："自己造出来的房子住起来放心。"

一天中午，忽然电闪雷鸣，狂风呼叫，暴雨从天而降，劈头盖脸地砸了下来。

小燕子和小喜鹊飞回到自己温暖的房子里，安安静静地读书、写字，和孩子们一起听风声、雨声。

　　小麻雀呢，躲在山坡下的旧房子里一动也不动。他默默地祈求风不要刮得太猛，雨不要下得太大。尽管是这样，山上的泥水还是不听话地顺着房子的缝隙流到了小麻雀的身上。小麻雀浑身湿透，冻得瑟瑟发抖。

　　终于等到风停雨住，云开日出。小麻雀在阳光下蹲了好久，才把羽毛晒干。

　　小燕子飞来了，小喜鹊飞来了，他们一起帮小麻雀在一个山沟的峭壁上，造了一座结结实实的房子。

　　房子造好了，小麻雀红着脸对小燕子和小喜鹊说："谢谢你们俩，以后我再也不用害怕风雨了。"

飞来的杏树叶

春天里，杏树妈妈的枝头上挂满了红色的花苞苞。蜜蜂飞来了，蝴蝶飞来了，唧唧喳喳的小鸟儿也飞来了，它们在枝头上又唱又跳好不热闹。杏花儿开了，春色更浓了，杏树妈妈的枝头上，蜂飞蝶舞，更加热闹了。几天之后，渐渐地，杏花儿落了，杏儿绿色的小脑袋从花萼下钻了出来。一点儿一点儿，整个夏天，小杏儿都在长呵长。杏树妈妈用自己全部的心血哺育小杏儿成长。夏天将要结束，秋天快要到来的时候，小杏儿长得又圆又胖，小脸蛋红红的。杏树妈妈知道，小杏儿长大了，就要离开杏树妈妈了。想到杏儿们就要离开自己，杏树妈妈的心里多少有点儿酸楚，不过杏树妈妈想，还有绿色的杏树叶儿暂时还不会离开，想到这里，杏树妈妈的心里踏实了许多，脸上还挂着欣慰的笑容。

秋天完全地来到了，杏儿们一个个离开了杏树妈妈，杏树上的小树叶儿也渐渐地变红变厚实了，杏树妈妈知道，成熟的小树叶儿们迟早也要离她而去的。

北风呼呼地刮着，小树叶儿一片接一片地飘落，寒风中的杏树妈妈感到非常的孤独。终于有一天，杏树妈妈的身上只剩下了光秃秃的枝条。漫长的冬天来到了，杏树妈妈该怎么过呀。

一只小鸟飞来了，又一只小鸟飞来了，它们唧唧喳喳聚在一起，好像在商量着什么，然后，一只又一只飞到杏树妈妈的身上，孤独的杏树妈妈听到了欢乐的歌声。

哦，一只只小鸟像一片又一片飞来的杏树叶，给孤独的杏树妈妈带来了无限的欢乐。杏树妈妈舒展了紧锁的眉头，等待又一个春天的到来。

幸福是快乐的小·花朵

星期天一大早，爸爸和妈妈就去乡下看姥姥。姥姥住在距离县城 25 公里的一个小山村。躺在被窝里的上小学五年级的小男孩儿暄暄，听着爸爸妈妈渐渐远去的脚步声，情不自禁地攥了攥自己的小拳头，然后，悄悄地对自己说："幸福啊幸福。"他真想马上把这个可以自由一天的好消息，告诉自己所有的好朋友，让他们跟他一同分享自己的快乐。

已经听不到爸爸妈妈远去的脚步声了。小男孩儿暄暄很利落地踢开盖在身上的被子，奇怪，今天他一点儿瞌睡也没有。平时爸爸妈妈越是让他早点儿起床，他就越觉得困，今天没人让他早起，他竟然"奋不顾身"地起来了。小男孩儿暄暄一边穿衣服一边想：今天不要再听爸爸告诉他当 driver（司机）都要有文化；不要再听妈妈唠叨当 farmer（农民）也要有知识之类的烦人话了。

衣服穿好了，小男孩儿暄暄背着手，像爸爸平时那样在屋子里巡视了一圈，哈哈，感觉真的很不错。小男孩儿暄暄太兴奋了。他走到床边，亲一亲床头的布娃娃；走到电脑桌前，亲一亲圆溜溜光滑滑的小鼠标；走到洗脸池前，亲一亲香喷喷的小毛巾。然后，小男孩儿暄暄趴在写字台上，制订出了一天的行动计划：第一条，玩，打游戏《英雄有梦》。第二条，玩，打游戏《古堡仙踪》。第三条还是玩，打游戏《天下太平》。第四条、第五条、第六条……参照第一条、第二条、第三条执行。

小男孩儿暄暄决定先去找几个好朋友，然后一起"执行"他今天的行动计划。

出门的时候，小男孩儿暄暄又在糖果盒里找到一块用彩色玻璃纸包装的糖果。

呵，甜甜的糖果，甜甜的阳光，甜甜的空气。

小男孩儿暄暄慢悠悠地走出家门，他要细细地品味一下这种自由而舒畅的感觉，他觉得今天一切都是那样的美好，就连自己的关门声也是那样的亲切。

走在自己家门口的巷道里，小男孩儿暄暄又看见住在巷道最里面的老爷爷和老奶奶，在小巷里来回地走呀走。因为那个老爷爷有一次上山采药，不小心从山崖上摔下来，头部受了伤，他的大脑指挥不了自己的行动了，或者说他的行动不听他的大脑指挥了。所以，老奶奶每天都要帮助老爷爷练习走路。他们走累了，就坐在巷道旁自己家的柴堆上休息一会儿，然后再起来练习。大概有一年多的时间了吧，这是老奶奶和老爷爷每天必修的功课，就像自己完成老师和家长布置的作业那样平常。

小男孩儿暄暄听着老爷爷和老奶奶走在巷道里失重的脚步声，看着他们一会儿远一会儿近的背影，感到十分难过，仿佛有一只小虫子从心头爬过。有时候他真想跑到老爷爷和老奶奶的身边，为他们做点儿什么。

真奇怪，当小男孩儿暄暄从老爷爷和老奶奶的身边走过的时候，他手里的玻璃糖纸突然响起了悦耳的音乐声，接着就出现了老爷爷小时候的模样。那时候的老爷爷可是一位英俊少年啊。

瞧，老爷爷穿着破旧的衣服，正在家里写作业。老爷爷住在一间很破旧的小土房子里，家里的家具也十分破旧，没有电视，更不要说电脑了。老爷爷用一支很短的小铅笔头，在一个皱巴巴的正面已经写过字的小本子的背面写着作业。小男孩儿暄暄有点儿不明白，老爷爷为什么只有那么一支小铅笔头，为什么没有一个漂亮的文具盒，为什么没有崭新的作业本，为什么写错了字也没有修正液可改正。老爷爷认真地写啊写，不一会儿就写好了作业。老爷爷也像小男孩儿暄暄那样攥了攥小拳头。接着，小男孩儿暄暄听到了老爷爷快乐的歌声："幸福是快乐的小花朵，望着你，望着我；幸福是快乐的小花朵，找到你，找到我。"

为什么老爷爷这样兴高采烈？难道写好作业也是一件很快乐的事吗？小男孩儿暄暄有点儿纳闷。

没等小男孩儿暄暄多想，玻璃纸上又出现了老奶奶小时候的模样，那时候的老奶奶，是一个很漂亮的小姑娘。她梳着两个拖到肩膀的小辫儿，两只小辫儿像两只美丽的蝴蝶一样，在老奶奶的肩膀上飞呀飞。正好是中午放学的时候，老奶奶跟一位女同学说说笑笑，一起走出校门。

那天天气不大好，风雨交加。老奶奶把自己的纱巾从脖子上解下来，轻轻地围在女同学的肩膀上，说："今天天气不好，你又没戴纱巾，家又远，快把我的纱巾系上。"女同学把纱巾还给老奶奶说："你的家也不是很近呀。"风雨中她俩推让了一次又一次。终于老奶奶"胜利"了，她把纱巾送给了她的女同学。风雨中，望着女同学远去的背影，老奶奶的脸上露出了幸福的笑容。这时，小男孩儿暄暄又听到老奶奶快乐的歌声："幸福是快乐的小花朵，望着你，望着我；幸福是快乐的小花朵，找到你，找到我。"

呵，帮助别人也是一件很快乐的事。

正当小男孩儿暄暄好奇地沉浸于玻璃纸上的故事时，老奶奶的呼唤声把他拉回到现实中来。小男孩儿暄暄看见老奶奶一边扶着老爷爷，一边在爷爷的耳边小声地说着什么。原来是老爷爷倒在柴堆上，怎么爬也爬不起来。老爷爷的手脚不听话，老奶奶束手无策，因为她一个人不能把老爷爷扶起来。老爷爷和老奶奶的眼睛里分明闪动着晶莹的泪花。小男孩儿暄暄把手中的玻璃纸小心翼翼地放回自己的口袋里，用尽全身的力气，想把爷爷扶起来。可是老爷爷是那样的沉重，无论小男孩儿暄暄怎样努力，他还是躺在柴堆上，一动不动。

小男孩儿暄暄的小脸涨得通红。

小男孩儿暄暄急得掉下了眼泪。

小男孩儿暄暄的眼泪，滴落在老爷爷的手脚上，一颗颗晶莹的泪珠，像一枚枚神奇的银针一样，温暖了老爷爷的神经，老爷爷奇迹般地站起来了，好像从来没有受过伤一样。老奶奶的眼里滚动着激动的泪花，一下子扑到老爷爷的面前，激动地拉着老爷爷的手，久久不肯松开。

离开了老爷爷和老奶奶。小男孩儿暄暄并没有去找他的朋友们，而是决定回家。他一边走一边唱："幸福是快乐的小花朵，望着你，望着我；幸福是快乐的小花朵，找到你，找到我。"

小男孩儿暄暄想：回去后要重新制订自己今天的行动计划了。

噢，小男孩儿暄暄学会一首歌《幸福是快乐的小花朵》。

哈哈鼠的故事

哈哈鼠长着一个红鼻子

哈哈鼠长着一个红鼻子。哈哈鼠的红鼻子，像一颗美丽的红宝石镶嵌在哈哈鼠的脸上。哈哈鼠的红鼻子，在哈哈鼠家族中是独一无二的，是整个鼠家族的骄傲和自豪。

哈哈鼠外婆和哈哈鼠爷爷，要求哈哈鼠每天早晨起了床，要为红鼻子做十八次保健操，二十次基本功能操，三十次超凡脱俗操，四十次引人注目操，五十次完美无缺操。然后，再小心翼翼地为红鼻子洗十八次凉水浴，二十次热水浴，三十次温水浴，四十次添加剂浴，五十次全方位浴。最后，再为红鼻子涂抹上各种各样的保护霜、营养膏、美容露、芳香粉。

有一天，哈哈鼠的红鼻子突然失踪了。哈哈鼠爷爷马上通知家族成员召开家族大会，要求所有家族成员按时参加会议，不得迟到早退，不得因故旷会。

会上，哈哈鼠爷爷要求：所有的家族成员都要踊跃发言，提出具体的寻找红鼻子的办法。

会上，大伙儿认真地研究了红鼻子失踪的原因，仔细地分析了红鼻子失踪前的工作和生活情况。哈哈鼠爷爷首先深刻检讨了自己对哈哈鼠的红鼻子关心不够。他说，作为家族中的长者，在哈哈鼠的红鼻子失踪这件事上，他负有不可推卸的责任；接着哈哈鼠外婆也从不同方面，阐述了自己对哈哈鼠的红鼻子关心不够，从而发生了哈哈鼠红鼻子失踪的重要事件；哈哈鼠弟弟也严肃检讨了自己没有尽到一个弟弟应尽的义务；哈哈鼠哥哥也作了非常严肃的自我批评。

大会在总结每个成员发言的基础上，制订出了一套切实可行的寻找哈哈鼠红鼻子的正确方案。哈哈鼠爷爷号召大家同甘共苦，齐心协力，尽快找到哈哈鼠的红鼻子。

正在这时，哈哈鼠的红鼻子突然出现在哈哈鼠的脸上。哈哈鼠的鼻子到底上哪儿去了呢？原来它藏到了哈哈鼠的口袋里去了。大家的吵闹声，把它从睡梦中惊醒，它从哈哈鼠的口袋里爬出来，伸了伸懒腰说："我真是太累了，我的主人每天让我做那么多的操，洗那么多的澡，还要在我的脸上涂抹那么多的东西，我实在是受不了啦！"

哈哈鼠买了新汽车

哈哈鼠买了一辆新汽车，每天每天，哈哈鼠看着自己的新汽车笑哈哈。

刮风的时候，吹来几片落叶，哈哈鼠说："风儿，风儿，千万别把落叶吹在我的汽车上，要吹就吹在我的身上吧。"

下雨的时候，哈哈鼠说："雨点儿，雨点儿，千万别把雨点儿打在我的汽车上，要打就打在我的身上吧。"

小鸟飞来了，哈哈鼠说："鸟儿，鸟儿，千万别把你的羽毛落在我的汽车上，要落就落在我的身上吧，因为我担心你的羽毛落在我的汽车上，会划掉我车上的漆皮。"

哈哈鼠去地里收萝卜。小兔说："这回方便多了，你就用新汽车去地里收萝卜吧。"哈哈鼠说："不，我用箩筐担回来。"

哈哈鼠去地里收土豆。小猪说："这回省事多了，你就用新汽车拉土豆吧。"哈哈鼠说："不，我用口袋扛回来。"

哈哈鼠到果园收葡萄。小狐狸说："你就用汽车把葡萄拉回来吧。"哈哈鼠说："不，我用竹篓背回来。"

从地里担回萝卜，从地里扛回土豆，从果园背回葡萄，哈哈鼠累倒了。

大伙儿把哈哈鼠抬到汽车上去医院，哈哈鼠急得直摆手："不可以，不可以，我要背着汽车去医院。"

哈哈鼠喝醉了酒

哈哈鼠喝醉了酒，它摇摇晃晃地走在大街上。"啪"，哈哈鼠撞在路旁的一根电线杆上。哈哈鼠睁着蒙眬的醉眼，大声地呵斥："是谁这么不长眼睛呀，走路直往我身上撞。"见电线杆没有反应，又冲着电线杆说："哦，你这认错的态度还算不错，以后多注意点儿就行了。"说完又摇摇晃晃地向前走去。

"笃笃笃"，哈哈鼠来到自己家的大门前，使劲儿地敲了敲门。可是很长时间没有谁出来开门。哈哈鼠气呼呼地说："这个醉眼儿鼠，这么晚了还不回家。"哈哈鼠以为自己在敲醉眼儿鼠的家门呢。

说完，哈哈鼠又摇摇晃晃地向前走去，不知不觉它来到河边。"哇——哇——哇——"哈哈鼠在河滩上，吐了一大堆酒气熏天的东西。一群甲鱼来到河滩上，争先恐后把哈哈鼠吐的东西吃了个精光，甲鱼们全部醉倒在河滩上，东倒西歪钻到了哈哈鼠的鞋子里。

哈哈鼠摇摇晃晃继续向前走，它撞倒了大花猫院子里的栅栏，走进了大花猫的家。大花猫一口咬住了它的脖子，关键时候，哈哈鼠鞋子里的甲鱼们窜了出来。甲鱼们喷出的酒气把大花猫给熏醉了。

哈哈鼠被几只小老鼠抬到医院。在医院里，哈哈鼠睁着蒙眬的眼睛对小老鼠们说："快去抢救大花猫，我差点把它给咬死。"

鼠医生对它说："还在说醉话，是大花猫差点把你给咬死呀。"

哈哈鼠在夏天

炎热的夏天，树叶也在打着盹儿，哈哈鼠躺在床上休息。"呼噜呼噜"，哈哈鼠睡得很甜很甜。

"阿嚏"，睡梦中，哈哈鼠突然打了一个大大的喷嚏，"阿嚏，阿嚏……"哈哈鼠又连续打了好几个喷嚏。这些喷嚏让哈哈鼠完完全全地从睡眠中醒来了，它揉揉眼睛，自言自语地说："为什么这样安静呀，大家都在睡午觉吧？"

哈哈鼠从床上爬起来："呵呵，看来，午休是一件非常重要的事情。我要出去叮嘱一下那些不听话的小动物们，不要吵闹，安安静静睡午觉。"

"笃笃笃"，哈哈鼠敲开小野鸭的家门，小野鸭正在床上午休。

哈哈鼠大声地说道："小野鸭，要记牢，不要吵，不要闹，小声说话小声笑，安安静静睡午觉。"

小野鸭正睡得迷迷糊糊，突然被哈哈鼠大声的说话声惊醒。

小野鸭揉了揉自己的眼睛说："我没有吵闹，没有说笑呀。"

"笃笃笃"，哈哈鼠敲开了小松鼠的家门。

哈哈鼠大声地说道："小松鼠，要记牢，不要吵，不要闹，小声说话小声笑，安安静静睡午觉。"

小松鼠正在甜甜的梦中，它梦见自己在种树，突然被哈哈鼠惊醒，小松鼠大声地回答道"嗯，我会爱护小树苗的，我不会损坏一棵小树苗。"

"笃笃笃"，哈哈鼠又敲开小青蛙的家门。

哈哈鼠大声地说道："小青蛙，要记牢，不要吵，不要闹，小声说话小声笑，安安静静睡午觉。"

小青蛙被惊醒，大声地唱："咕儿呱，我是一只小青蛙，咕儿呱，河塘就是我的家。"

在小蜜蜂家门口，哈哈鼠大声对小蜜蜂说："小蜂蜜，要记牢，不要吵，不要闹，小声说话小声笑，安安静静睡午觉。"

"哈哈"，小蜜蜂被哈哈鼠逗得笑起来。

小蜜蜂说："我是小蜜蜂，不是小蜂蜜。"

啊，哈哈鼠羞红了脸儿。

一个炎热的夏天，就这样热热闹闹地过去了，小动物们全都有收获，大家都学会了哈哈鼠唱的歌儿。

哈哈鼠在冬天

冬天来了，北风呼呼地吹，雪花轻轻地飘。小动物们戴着各种各样的小棉帽，走在上学的路上。

小白兔戴着一顶小红帽，小刺猬戴着一顶小黄帽，小花狗戴着一顶小花帽，小猴子戴着一顶紫色的帽子。哈哈鼠呢，戴着一顶银色的帽子。他们蹦蹦跳跳地走在雪地上，为冬天的雪地增添了一幅美丽的图画。

来到学校，走进温暖的教室里，小动物们把一顶顶彩色的帽子挂在了一个个小巧玲珑的帽钩上。彩色的帽子，排成一排，像一道美丽的彩虹。

小白兔的小红帽真漂亮呀，像一颗红红的大草莓长在帽钩上。哈哈鼠看着小白兔的小红帽，有一种酸酸的东西涌上心头。他眨眨眼睛，想出了一个歪主意。趁小白兔不注意，他把小红帽从帽钩上悄悄地摘下来，然后偷偷地埋在了雪地里。

放学了，小白兔怎么也找不到自己的小红帽。

小刺猬、小猴子、小花狗都来帮助小白兔找帽子。他们在书柜里找，没找到；在玩具柜里找，没找到；在椅子下面找，还是没有找到。他们找遍了教室里所有的角落，就是不见小红帽的踪影。

小白兔急得哭起来了。

小刺猬说："小白兔，不要哭，你把我的帽子戴上吧。"

小猴子说："小白兔，我不怕冷，你把我的帽子戴上吧。"

小花狗说："我家离学校最近，小白兔，你把我的帽子戴上吧。"

小白兔摇摇头说："谢谢你们，天这么冷，我怎么能戴你们的帽子呢！"

这时，哈哈鼠低着头走到了小白兔的面前。他羞愧地说："对不起，小白兔，是我把你的帽子藏起来了。"

哈哈鼠从雪地里找出了小白兔的小红帽。啊，小红帽比原来更新、更美、更鲜艳了。

🌂 猪妈妈的愿望

胖胖的猪妈妈睁着一只眼，闭着一只眼，一边走一边"啊呵呵，啊呵呵"地嚎啕大哭，它的两只精明的小眼睛里蓄满了泪水，仿佛两个永不枯竭的小山泉。平平坦坦的大路，让她走得凹凸不平、深深浅浅。它的哭声里饱含着无限的悲愤。那是因为猪爸爸长期卧病在床，因为小猪猪辍学在家，还因为最近自己又查出得了一种叫胆结石的病。医生对它说，这种病不能生气，不能多吃肥肉和蛋类食品，不能着凉，也不能干重活。胆结石病让猪妈妈的胸部和背部常常疼痛难忍，也让它艰难的日子雪上加霜。这日子可真是没法过呀！猪妈妈有满腔的苦水，无处诉说，实在憋不住了就嚎啕大哭。这样时间长了，它的哭声就变得声情并茂，感天动地了。它希望自己能像以前一样，精精神神健健康康地生活。它想，要是没有胆结石病，自己也算是世界上最幸福的猪了。它不厌其烦地向它所见到的每一个猪诉说着自己的不幸，不厌其烦地一次次去医院做检查，唯一的希望就是，它肚子里的胆结石能不翼而飞。真的，因为这所有的一切，猪妈妈的眼泪常常像断线的珍珠一样，滚落到它走过的每一个地方。

可是，每一个猪妈妈遇到的猪，都差不多是最普通最一般的猪。所以，它们听到猪妈妈的不幸，或者说是看到猪妈妈的眼泪，大多数情况都是爱莫能助，一筹莫展，只好陪同猪妈妈流下一滴两滴或是更多滴眼泪。

　　日子一天天过去，猪妈妈还是一天天地，一如既往地把它的眼泪滚落到它走过的每一个地方，如数家珍似的，把它的不幸生活诉说给每一个它见到的猪。猪妈妈的眼泪，曾经感动了一朵正要枯萎的花儿，那朵花儿把它最后一点艳丽的彩色留给了猪妈妈。于是在某一天，猪妈妈的脸色变得红润了一点儿，眼泪也似乎少了一点儿。猪妈妈的眼泪，还感动过一只顶小顶小的小蚂蚁。那只小蚂蚁费了好大的劲儿，来到猪妈妈脏乱不堪的屋子里，从餐桌的一条腿上艰难地爬到猪妈妈的餐桌上，把自己费了好大劲儿才找到的一粒面包屑，放在了猪妈妈那张永远都是脏乱不堪的餐桌上。猪妈妈的眼泪，还感动了一株无情草，因为猪妈妈的眼泪，无情草为自己过去的无情行为，深刻反省了自己差不多一秒钟的时间。这已经够不错的了，无情草对自己过去无情的反省，感到非常满意。就在这一秒钟的时间里，无情草的脸上，露出了一丝丝若有若无的笑容或者说是忧伤。

　　终于有一天，猪妈妈的眼泪滚落在一颗小小的愿望石上。小小的愿望石当然明白，去掉肚子里的胆结石是猪妈妈最大的愿望。可是，小小的愿望石也明白，要让猪妈妈实现它的愿望，自己就会变得更小一点点。

　　"啊呵呵，啊呵呵，这日子可怎么过呀！"猪妈妈一次次高昂的哭泣声，震撼着小小愿望石水晶般的心。

　　小小的愿望石，把自己变小了一点点，在一个静悄悄的夜晚把猪妈妈肚子里的胆结石去掉了。

　　猪妈妈滚落着眼泪再去医院做检查的时候，它肚子里的胆结石真的不翼而飞了。为它做彩超的猪医生，睁着一双迷茫的眼睛，它为猪妈妈做了第十八次彩超，然后非常肯定地对猪妈妈说："奇迹在你的身上发生了。"猪妈妈的眼泪又一次滚落，不过这一次是兴奋的眼泪。它带着泪的笑容，同样感动了一朵将要枯萎的花儿，因为猪妈妈的笑容，那朵花儿延迟了几分钟时间枯萎，让一个孤独的老人，看到了生命最后的美丽；因为它的笑容，一只喜欢偷盗的小蚂蚁，把它正要偷窃的手停在了半空中，变成了一座永恒的蚂蚁雕塑；它的笑容同样感动了一株无情草，这株无情草对自己过去的无情，做了差不多一秒钟深刻的反省，无情草对自己过去无情的反省感到非常的满意。在这一秒钟的时间里，无情草的脸上露出过一丝丝若有若无的笑容或者说是忧伤。

是谁取走了我肚子里的胆结石？猪妈妈滚落着激动的泪花，去问见多识广的风妈妈，风妈妈轻声告诉它：一定是我的傻瓜女儿，小小愿望石。

猪妈妈决心找到小小愿望石，向它表达自己满腔的谢意。

经过一次次不懈的努力，猪妈妈终于在一丛马兰花的花丛中，找到了小小愿望石。小小的愿望石，像马兰花晶莹的眼睛，静静地藏在马兰花淡紫色的花蕊中。

猪妈妈眨着它精明的蓄满眼泪的小眼睛，望着小小的愿望石，就在那一刻，猪妈妈清楚地意识到，小小的愿望石还会帮助它实现更多的愿望。果然，当猪妈妈又一次滚落下那极富感染力的眼泪时，小小的愿望石说出了一句让猪妈妈激动的差点晕过去的话，小小的愿望石对它说："我最多能满足你九十九个愿望。"

猪妈妈含着眼泪说出了自己的第二个愿望和第三个愿望，一个是让猪爸爸早点从床上站起来，还有一个就是能让小猪猪尽快去上学。

嗯，你的这两个愿望也已经实现了，小小的愿望石变小了一点又一点。此时此刻，猪妈妈的大脑在飞快地旋转着，它想趁这个千载难逢的好机会，让自己成为一个富有的猪、高贵的猪、让所有的猪都羡慕的猪、让所有的猪都妒忌的猪。

于是，猪妈妈的眼泪又一次开始滚落，小小的愿望石又看到了猪妈妈充满感情的眼泪，它说："就让我再一次次地变小吧，我会实现你的第九十九个愿望。"

　　听了小小愿望石的话，猪妈妈脑袋里的愿望排山倒海地涌现出来，差点儿把猪妈妈的脑袋挤爆。精明的猪妈妈让它们排起长队，然后一个挨着一个神采奕奕地从它的大脑里走出来。

　　猪妈妈说："我想要有一座漂亮的房子。"小小愿望石回答："好的，会有的。"猪妈妈说："房子前要有草坪。"小小愿望石回答："好的，会有的。"猪妈妈说："草坪旁要有宽阔的道路。"小小愿望石回答："好的，会有的。"猪妈妈说："道路旁要绿树成荫。"小小愿望石回答："好的，会有的。"猪妈妈说："要有园艺工为我修剪草坪和树枝。"小小愿望石回答："好的，会有的。"猪妈妈说："我的房间里要有三个卫生间，每个猪各一个。"小小愿望石回答："好的，会有的。"猪妈妈说："卫生间最好是一个粉刷白色的墙壁，一个粉刷蓝色的墙壁，一个粉刷黄色的墙壁。"小小愿望石回答："好的，会有的。"猪妈妈说："房间里要有一张宽大的，像政府官员办公室里那样很气派的写字桌。"小小愿望石回答："好的，会有的。"猪妈妈说："房间里要有一排雅致的衣柜，里面要有最好的时装。"小小愿望石回答："好的，会有的。"猪妈妈说："房间里最好要有一个走进去香喷喷的衣帽间。"小小愿望石回答："好的，会有的。"猪妈妈说："每天早餐，要有我喜欢喝的'乐乐牌'牛奶，晚餐要有我喜欢吃的烤肉。"小小愿望石回答："好的，会有的。"猪妈妈说："还要有一辆白色的胖胖的大轿车。"小小愿望石回答："好的，会有的。"猪妈妈说：'我要一个五千年前出土的，不，最好是八千年以前出土的，皇帝喜欢的，有死而复生功能的蝉玉器。"小小愿望石回答："好的，会有的。"猪妈妈说："在夏天，我要吃到最好的西瓜，要有猪给切成梅花瓣儿送到我的面前。"小小愿望石回答：

"好的，会有的。"猪妈妈说："我要有一架自己的专机，要驾驶技术最好的飞行员给驾驶。"小小愿望石回答："好的，会有的。"

听着小小愿望石肯定的回答，猪妈妈的眼睛光彩夺目。能遇到小小的愿望石，说明我是一只多么不同凡响的猪呵！猪妈妈又说："我还想要一只温顺的藏獒陪我。"小小愿望石又回答，"好的，会有的。"猪妈妈说："我还想要一枚我小时候就想要的红色的蝴蝶夹。"小小愿望石回答："好的，会有的。"猪妈妈说："我要杨白劳为白毛女买的那根红头绳。"小小愿望石回答："好的，会有的。"

小小愿望石，每说一次"好的，会有的"，它就会变小一点点，猪妈妈说出来的愿望就会实现。现在，猪妈妈已经实现了它的第九十九个愿望。小小的愿望石已经小得快要看不到了，小小的愿望石快要化成一缕风了。猪妈妈想，我还要实现第一百个愿望，多要一个愿望，小小愿望石一定会答应的。于是猪妈妈又说出了它的第一百个愿望，那就是要让自己永远年轻漂亮。就在这一瞬间，小小的愿望石化成了一阵风，带走了猪妈妈所有已经实现了的愿望，可这是小小的愿望石也不想要看到的结果。小小愿望石一边飞一边大声呼喊："猪妈妈，不要让风带走你的愿望。"

可是，无论小小愿望石怎样地呼喊，风，还是带着它永远地离开了猪妈妈。

长头发蛋蛋鼠

　　蛋蛋鼠在一个建筑工地当搬运工，具体地说，蛋蛋鼠的工作就是要把那些砖瓦石块水泥木材等等建筑材料，搬运到一个具体的地方，一个需要这些材料的地方。蛋蛋鼠热爱自己的工作，热爱那些不会说话的建筑材料，包括沙子和泥土。蛋蛋鼠觉得那些砖瓦石块水泥木材全都特别可爱，虽然它们的形状各不相同。蛋蛋鼠之所以觉得它们可爱，是因为它们不会说话，因为它们不会说话，所以它们从来没有因为它的头发长而取笑过它。因为太忙碌，也因为蛋蛋鼠没有理发的钱，所以很长时间了，蛋蛋鼠没有去理发。

　　蛋蛋鼠的头发确实长得很长很长，长得遮住了蛋蛋鼠的眉毛，遮住了蛋蛋鼠耳朵的上半部分。蛋蛋鼠的长头发，给蛋蛋鼠的生活带来许多的不方便。首当其冲的便是酷热难当。特别是在这炎热的夏天，长头发老是让蛋蛋鼠大汗淋漓。大汗淋漓的蛋蛋鼠，身上总是散发出汗水酸臭酸臭的气味，让蛋蛋鼠自己感到很不舒服，也让别的鼠感到很不舒服。于是，那些鼠目寸光的鼠们就嘲笑它的头发，虽然说它们是在嘲笑它的头发，但是蛋蛋鼠知道，实际上它们是在嘲笑他蛋蛋鼠。嘟嘟鼠说它的头发像秋天的一蓬乱草；胖胖鼠说它的头发是一个标准的"鸟巢"；包包鼠呢？干脆说它的头发是一堆松软的牛粪卷；就连平时看起来最文雅的的呱呱鼠，都说它的头发像一顶古老的毡帽。这些与它没有多大区别的鼠们之所以这样肆无忌惮地嘲笑它，就是因为它很长时间没有去理发，它的头发有点长罢了。平时这些家伙们遇见它的时候，全都会捂着它们的鼠嘴巴，拖着它们的鼠尾巴，很夸张地从它的面前绕道而行。很多时候，站在高大塔吊下搬运建筑材料的蛋蛋鼠都会觉得自己是那样的渺小、那样的卑微、那样的微不足道。

像所有在工地上做工的鼠一样，每个月，蛋蛋鼠都会从工头那儿支取一点儿必不可少的零花钱。那零花钱是一点儿也不能随意乱花的，一个萝卜一个坑儿，具体地说它们也许是蛋蛋鼠的早餐——两个馒头，这样蛋蛋鼠就会花去一个一元钱的钢镚；它们也许是蛋蛋鼠渴极了的一个棒棒冰，两角钱；还有它们也可能是蛋蛋鼠搬运那些建筑材料时，不小心划破了手指、脚趾或者是身体上的某个部位时，从小诊所里买来的一块五角钱的创可贴。总之，这点零花钱花的时候必须精打细算，不能有丝毫的出入。

蛋蛋鼠的头发越长越长，真的是越长越长了，它们无拘无束，自由自在地飘扬在蛋蛋鼠的头顶上，有时的确像秋风中摇晃的蒿草；等它们安静地躺下来休息的时候，也真的像鸟巢或者说像一顶毡帽。经过一次又一次反复地思考，蛋蛋鼠不再犹豫，它决定要去理一次发，哪怕这个月的支出严重超支，它也要去理一次。蛋蛋鼠翻遍自己身上所有的口袋，也没找到一枚硬币。蛋蛋鼠在自己居住的工棚里翻箱倒柜，它一定要找到一枚可以理发的硬币。蛋蛋鼠打开写字桌上的抽屉，没有找到一枚硬币。蛋蛋鼠打开简陋的用木板搭起来的橱柜的门，希望能发现一枚硬币，可是还是没有找到。会不会有一枚硬币藏在棉被里呢？蛋蛋鼠"嚓"的一声撕开棉被的一角，掏出已经有点发暗的一团团棉絮，仔细地寻找，用心地寻找，最终还是没有发现硬币的踪影。

蛋蛋鼠又想会不会在哪个角落里有遗失的硬币呢？它翻来覆去

找遍了工棚所有的角落，也没有找到一个硬币。蛋蛋鼠从土砌的灶台上拿起那个在这个工棚里属于自己的，又是水杯又是饭盒的陶器罐，它想只能用它来代替一次硬币，去把自己的长头发理一理了。

蛋蛋鼠来到嘟嘟鼠在工地附近开的小理发店。嘟嘟鼠正在它简易的床上睡午觉，听到开门声，它稍稍抬起头望了望，它看了一眼站在它唯一的理发镜前的蛋蛋鼠，然后又躺倒在床上了。对于蛋蛋鼠顾客的到来，嘟嘟鼠理发师并没有表现出丝毫的热情。

"我要理发。"蛋蛋鼠大声地说。

"好啊，理一次五块钱。"嘟嘟鼠躺在床上闭着眼睛回答。

"我用我的陶器罐理。"蛋蛋鼠说道。

"你说什么？"嘟嘟鼠从它简易的床上爬起来，"你的陶器罐会理发？"

蛋蛋鼠说："我是说用我的陶器罐换一次理发。"

"是这样啊，我才明白过来。"嘟嘟鼠一副如梦初醒的样子。它像平时那样，从床下找出它那双看不出是什么颜色的拖鞋，用那双眼窝里堆着眼屎的眼睛，认真地看看蛋蛋鼠的陶器罐，然后说："不行啊，你这个陶器罐还不够我理一次发用的电钱呢。"说完，嘟嘟鼠打个哈欠，换了一副没有睡醒的样子，又歪倒在它的床上。蛋蛋鼠只好拿着陶器罐，走出嘟嘟鼠小小的理发店。

蛋蛋鼠拿着陶器罐来到包包鼠的小卖部，包包鼠说："你的陶器罐最多值两块钱，你拿一包三块钱的桂花牌香烟，陶器罐归我。"说着，包包鼠从货架上取出一包桂花牌香烟递给蛋蛋鼠。然后又把蛋蛋鼠的陶器罐放到自己的货架里去了。

蛋蛋鼠看着包包鼠递给自己的那包香烟想，现在只好拿着香烟去理发了。

蛋蛋鼠拿着香烟没走几步，又碰到推着小车卖水果的胖胖鼠，胖胖鼠在蛋蛋鼠做工的工地附近推着小车卖水果。看到蛋蛋鼠拿着的香烟，胖胖鼠说："赶巧了，我正没有烟抽呢。既然你拿来了，我就不用去买了。"胖胖鼠从自己的水果车上挑选出一个最小的菠萝，递给了蛋蛋鼠，然后把车支好，打开蛋蛋鼠的那包香烟，抽出一支点燃，很快，胖胖鼠的面前就烟雾缭绕。

现在，长头发蛋蛋鼠拿着的就是一个菠萝了。

蛋蛋鼠拿着菠萝走过呱呱鼠的雕刻店，想参加雕刻大赛的呱呱鼠，因为找不到好的材料，雕不出好的参赛作品而感到十分苦恼，当它看到蛋蛋鼠拿着的那个有美丽斑纹的小菠萝时，顿时灵感大发，太好了，真是太好了，这只美丽的菠萝就是我参加大赛的最好作品了。

呱呱鼠让蛋蛋鼠去买了最好的雕刻刀，最精巧的雕刻针。然后就开始雕刻他的作品。太神奇了，一眨眼的工夫，小菠萝就成了呱呱鼠雕刻刀与雕刻针下一只玲珑剔透的菠萝兔。

太美了，经过大赛组委会的认真评选，专家们一致认为，菠萝兔是最有创意的、最成功的一件雕刻作品。呱呱鼠雕刻的菠萝兔，在本届雕刻作品展览会上获得了金奖。呱呱鼠也因此成为最最著名的雕刻鼠。

这个因为蛋蛋鼠理发而引出的雕刻作品获金奖的故事不翼而飞。《鼠地晚报》记者喷嚏鼠来到蛋蛋鼠做工的工地采访。喷嚏鼠采访蛋蛋鼠，采访蛋蛋鼠具有传奇色彩的头发。喷嚏鼠仔细地观察采访对象，认真地整理材料，最后喷嚏鼠做出一个自己非常满意的答案，蛋蛋鼠的头发虽然具有传奇色彩，但那也是蛋蛋鼠的头发，所以，蛋蛋鼠的头发与蛋蛋鼠是不可分割的，是相互依存的。于是一篇《长头发蛋蛋鼠》的稿子诞生了，并且刊登在《鼠地晚报》的头版头条。在喷嚏鼠的笔下，蛋蛋鼠的长头发在工地上屡建奇功，比如，蛋蛋鼠的长头发像一个富有弹性的跳跳毯，把一个从第十层塔吊上掉下来的泥铲弹起，泥铲从蛋蛋鼠的头上落下，蛋蛋鼠没受一点儿伤，泥铲没有一点儿损伤；再比如，蛋蛋鼠的长头发与一粒离家出走、蹦到蛋蛋鼠头发上的沙粒促膝长谈，沙粒翻然悔悟高高兴兴地蹦回家中；还有，飘扬的云朵总是追赶着同样飘扬的蛋蛋鼠的长头发，它们一起，为炎热的工地带来一次又一次清凉。蛋蛋鼠的长头发为蛋蛋鼠的光辉形象立下了汗马功劳。蛋蛋鼠的长头发，不仅具有传奇色彩而且是十分坚强十分睿智的。很快蛋蛋鼠成为鼠们仰慕的明星。

可是，成为明星的蛋蛋鼠也一直没有实现理发的愿望。蛋蛋鼠的长头发继续生长着。许多发型师前来考察蛋蛋鼠的长发，还专门出版了一本杂志叫《蛋蛋鼠发型研究》。每一期《蛋蛋鼠发型研究》，都会刊登一些著名理发师的论文和它们专门为蛋蛋鼠设计的发型，可是每一种发型总是有人反对，有人赞同。所以，蛋蛋鼠到底要有一个什么样的发型，也一直没有定下来。蛋蛋鼠想要理发的愿望一次次落空。研究探讨，探讨研究，许多的理发师有许多个标准，有许多个标准就有许多个发型。所以，直到蛋蛋鼠的长头发载入了《吉尼斯世界纪录大全》，蛋蛋鼠想要理发的愿望还是一直没有实现。

那天，蛋蛋鼠从工地上往它住的工棚里走，看到一只因为迷了路而找不到家的小老鼠，正蹲在路上悄悄地哭泣，蛋蛋鼠替它擦去眼泪，把它扛在肩膀上送回了家。蹲在蛋蛋鼠肩膀上的小老鼠，清楚地感觉到了蛋蛋鼠的长头发是那么的零乱肮脏，那么的臭气熏天。小老鼠睁着一双好奇的眼睛问："叔叔你为什么不理发？"蛋蛋鼠傻傻地笑着说："叔叔自己不会理，也没有剪刀理啊。""我来帮你理。""嚓嚓嚓"小老鼠一边笑一边叫，用自己右手的食指和中指做剪刀，在蛋蛋鼠的头上剪呀剪，说也奇怪，蛋蛋鼠的长头发真的纷纷飘落……据说，蛋蛋鼠飘落下的长头发后来慢慢地飘到世界各地，变成了一片又一片绿色的森林。